Word Processor of the Gods

L'Ordinateur des dieux

Langues pour tous

Collection dirigée par Jean-Pierre Berman, Michel Marcheteau et Michel Savio

ANGLAIS Série bilingue

Niveaux : ❏ facile ❏❏ moyen ❏❏❏ avancé

Littérature anglaise et irlandaise

- **Carroll (Lewis)** ❏
  Alice au pays des merveilles
- **Churchill (Winston)** ❏❏
  Discours de guerre 1940-1946
- **Cleland (John)** ❏❏❏
  Fanny Hill
- **Conan Doyle** ❏
  Nouvelles (6 volumes)
- **Dickens (Charles)** ❏❏
  David Copperfield
  Un conte de Noël
- **Fleming (Ian)** ❏❏
  James Bond en embuscade
- **French (Nicci)** ❏
  Ceux qui s'en sont allés
- **Greene (Graham)** ❏❏
  Nouvelles
- **Jerome K. Jerome** ❏❏
  Trois hommes dans un bateau
- **Kinsella (Sophie), Weisberger (Lauren)**
  Love and the City ❏
- **Kipling (Rudyard)** ❏
  Le livre de la jungle (extraits)
  Deux nouvelles
- **Maugham (Somerset)** ❏
  Nouvelles brèves
  Deux nouvelles
- **McCall Smith (Alexander)**
  Contes africains ❏
- **Stevenson (Robert Louis)** ❏❏
  L'étrange cas du Dr Jekyll
  et de Mr Hyde
- **H.G. Wells** ❏❏
  Les mondes parallèles
- **Wilde (Oscar)**
  Nouvelles
  Il importe d'être constant ❏

Ouvrages thématiques

- **L'humour anglo-saxon** ❏
- **300 blagues britanniques et américaines** ❏❏

Littérature américaine

- **Bradbury (Ray)** ❏❏
  Nouvelles
- **Chandler (Raymond)** ❏❏
  Les ennuis c'est mon problème
- **Fitzgerald (Francis Scott)** ❏❏
  Un diamant gros comme
  le Ritz ❏❏
  L'étrange histoire
  de Benjamin Button ❏❏
- **Hammett (Dashiell)** ❏❏
  Meurtres à Chinatown
- **Highsmith (Patricia)** ❏❏
  Crimes presque parfaits
- **Hitchcock (Alfred)** ❏❏
  Voulez-vous tuer avec moi ?
  À vous de tuer
- **King (Stephen)** ❏❏
  Nouvelles
- **London (Jack)** ❏❏
  Histoires du Grand Nord
  Contes des mers du Sud
- **Poe (Edgar)** ❏❏❏
  Nouvelles
- **Twain (Mark)** ❏❏
  Le long du Mississippi

Anthologies

- **Nouvelles US/GB** ❏❏ (2 vol.)
- **Histoires fantastiques** ❏❏
- **Nouvelles anglaises classiques** ❏❏
- **Ghost Stories – Histoires de fantômes**
- **Histoires diaboliques** ❏❏

Autres langues disponibles dans les séries de la collection
Langues pour tous
ALLEMAND · AMÉRICAIN · ARABE · CHINOIS · ESPAGNOL · FRANÇAIS · GREC · HÉBREU
ITALIEN · JAPONAIS · LATIN · NÉERLANDAIS · OCCITAN · POLONAIS · PORTUGAIS
RUSSE · TCHÈQUE · TURC · VIETNAMIEN

STEPHEN KING

Word Processor of the Gods

L'Ordinateur des dieux

Traduction et notes par

Jean-Pierre Berman
*Ancien assistant
à l'Université de Paris IV-Sorbonne*

Introduction par

Michel Marcheteau
Agrégé d'anglais

POCKET

Jean-Pierre Berman a été responsable des moyens audiovisuels du CELSA (Paris IV) (1971-1981) et assistant à l'Université de Paris IV-Sorbonne. Conseiller linguistique au Centre Georges Pompidou, il y a créé et organisé l'espace d'auto-apprentissage (médiathèque de langues) de la BPI (Bibliothèque Publique d'Information) (1975-1983). Il a été ensuite chef du Service des expositions temporaires dans les établissement publiques du CICOM (Carrefour International de la Communication 1983-1986), puis de la Cité des Sciences et de l'Industrie (1986-1988).

Co-auteur du *Guide du placard* (Seuil, 1987) et co-auteur de plusieurs ouvrages d'apprentissage de l'anglais, il est avec Michel Marcheteau et Michel Savio, co-directeur de la collection Langues pour tous.

Pocket, une marque d'Univers Poche, est un éditeur qui s'engage pour la préservation de son environnement et qui utilise du papier fabriqué à partir de bois provenant de forêts gérées de manière responsable.

Le Code de la propriété intellectuelle n'autorisant, aux termes des paragraphes 2 et 3 de l'article L. 122-5, d'une part, que les « copies ou reproductions strictement réservées à l'usage privé du copiste et non destinées à une utilisation collective » et, d'autre part, que les analyses et les courtes citations dans un but d'exemple ou d'illustration, « toute représentation ou reproduction intégrale ou partielle faite sans le consentement de l'auteur ou de ses ayants droit ou ayants cause est illicite » (article L. 122-4). Cette représentation ou reproduction, par quelque procédé que ce soit, constituerait donc une contrefaçon sanctionnée par les articles L. 335-2 et suivants du Code de la propriété intellectuelle.

© 2015, Éditions Pocket – Langues pour Tous, département d'Univers Poche
pour la traduction et les notes.

ISBN : 978-2-266-25854-8

Sommaire

☐ Prononciation	6
☐ Comment utiliser la série « Bilingue »	7
☐ Introduction	9
■ WORD PROCESSOR OF THE GODS *L'Ordinateur des dieux*	13
☐ Bibliographie et filmographie	87

Prononciation

Sons voyelles

- [ɪ] **pit**, un peu comme le *i* de *site*
- [æ] **flat**, un peu comme le *a* de *patte*
- [ɒ] ou [ɔ] **not**, un peu comme le *o* de *botte*
- [ʊ] ou [u] **put**, un peu comme le *ou* de *coup*
- [e] **lend**, un peu comme le *è* de *très*
- [ʌ] **but**, entre le *a* de *patte* et le *eu* de *neuf*
- [ə] jamais accentué, un peu comme le *e* de *le*

Voyelles longues

- [iː] **meet** [miːt], cf. *i* de *mie*
- [ɑː] **farm** [fɑːrm], cf. *a* de *larme*
- [ɔː] **board** [bɔːrd], cf. *o* de *gorge*
- [uː] **cool** [kuːl], cf. *ou* de *mou*
- [ɜː] ou [əː] **firm** [fəːrm], cf. *eu* de *peur*

Semi-voyelle

- [j] **due** [djuː], un peu comme *diou...*

Diphtongues (voyelles doubles)

- [aɪ] **my** [maɪ], cf. *aïe !*
- [ɔɪ] **boy** [bɔɪ], cf. *oyez !*
- [eɪ] **blame** [bleɪm], cf. *eille* dans *bouteille*
- [aʊ] **now** [naʊ], cf. *aou* dans *caoutchouc*
- [əʊ] ou [əu] **no** [nəʊ], cf. *e + ou*
- [ɪə] **here** [hɪər], cf. *i + e*
- [ɛə] **dare** [dɛər], cf. *é + e*
- [ʊə] ou [uə] **tour** [tʊər], cf. *ou + e*

Consonnes

- [θ] **thin** [θɪn], cf. *s* sifflé (langue entre les dents)
- [ð] **that** [ðæt], cf. *z* zézayé (langue entre les dents)
- [ʃ] **she** [ʃiː], cf. *ch* de *chute*
- [ŋ] **bring** [brɪŋ], cf. *ng* dans *ping-pong*
- [ʒ] **measure** [ˈmeʒər], cf. le *j* de *jeu*
- [h] le *h* se prononce ; il est nettement expiré

Accentuation

ˈ – accent unique ou principal, comme dans MOTHER [ˈmʌðər]

ˌ – accent secondaire, comme dans PHOTOGRAPHIC [ˌfəʊtɔˈgræfɪk]

ʳ indique que le **r**, normalement muet, est prononcé en liaison ou en américain

Comment utiliser la série « Bilingue »

Cet ouvrage de la série « Bilingue » permet au lecteur :

- d'avoir accès aux versions originales de textes célèbres en anglais, et d'en apprécier, dans les détails, la forme et le fond ;

- d'améliorer sa connaissance de l'anglais, en particulier dans le domaine du vocabulaire dont l'acquisition est facilitée par l'intérêt même du récit, et le fait que mots et expressions apparaissent en situation dans un contexte, ce qui aide à bien cerner leur sens.

Cette série constitue donc une véritable méthode d'auto-enseignement, dont le contenu est le suivant :

- page de gauche, le texte anglais ;
- page de droite, la traduction française ;
- bas des pages de gauche et de droite, une série de notes explicatives (vocabulaire, grammaire, etc.).

Les notes de bas de page aident le lecteur à distinguer les mots et expressions idiomatiques d'un usage courant, et qu'il lui faut mémoriser, de ce qui peut être trop exclusivement lié aux événements et à l'art de l'auteur.

Il est conseillé au lecteur de lire d'abord l'anglais, de se reporter aux notes et de ne passer qu'ensuite à la traduction ; sauf, bien entendu, s'il éprouve de trop grandes difficultés à suivre le récit dans ses détails, auquel cas il lui faut se concentrer davantage sur la traduction, pour revenir finalement au texte anglais, en s'assurant bien qu'il en a dès lors maîtrisé le sens.

INTRODUCTION

Plus de 50 millions de livres vendus dans le monde, une quinzaine de films tirés de ses œuvres... Mais quel est donc le secret de Stephen King ?

Certes, il joue sur les angoisses et les terreurs qui habitent l'humanité depuis ses origines, comme en témoignent les légendes orales et écrites de toutes les civilisations.

Il s'inscrit de plus dans une longue tradition littéraire que l'on fait par commodité remonter au *Château d'Otrante* (1764) d'**Horace Walpole**[1]. Ce type de roman dit *gothique*, et dont *Les mystères d'Udolpho* d'**Ann Radcliffe**[2] (1794) est un autre exemple, abonde en terrifiantes scènes nocturnes dans des châteaux en ruine ; et même si des explications rationnelles sont fournies à la fin du récit, le but de tels ouvrages est bien de susciter chez le lecteur la crainte du surnaturel et l'effroi devant ses manifestations.

Enrichie par la suite de *héros* pathétiques ou maléfiques, tels le *Frankenstein* de **Mary Shelley**[3] (1816) et le *Dracula* de **Bram Stoker**[4] (1897), cette littérature connut une importante mutation

---

1. **Horace Walpole** (1717-1797) : Critique d'art, romancier, historien, dramaturge, homme politique.
2. **Ann Radcliffe** (1764-1823) : Romancière britannique, pionnière du roman gothique.
3. **Mary Shelley**(1797-1851) : Femme de lettres anglaise, romancière (créa à 18 ans le personnage de Frankenstein), nouvelliste, dramaturge, essayiste, biographe et auteure de récits de voyages.
4. **Bram Stoker** (1847-1912) : **Abraham Stoker**, dit **Bram**, auteur irlandais, célèbre pour son roman culte ***Dracula*** (1897).

avec **Edgar Poe**[1] qui, en y introduisant l'horreur, l'associa aux dérèglements psychiques et aux troubles de la perception de ses personnages tout autant qu'au décor et à la mise en scène.

Le genre trouva aux États-Unis de nombreux adeptes – ce qui ne surprend guère compte tenu de l'obsession puritaine du mal et du péché.

Dès 1693, l'année qui suivit les procès en sorcellerie de Salem[2] (1692), **Cotton Mather**[3] écrivait dans son journal ***Les Mystères du Monde invisible*** : « Les habitants de la Nouvelle-Angleterre sont un peuple de Dieu établi sur les territoires qui étaient jadis ceux du diable [...]. Je crois qu'on n'a jamais usé d'autant de procédés sataniques pour ébranler aucun autre peuple sous le soleil [...]. Mais toutes ces tentatives de l'enfer ont jusqu'ici échoué. »

Une nouvelle étape fut franchie au XXᵉ siècle avec **Howard Phillips Lovecraft**[4] (1890-1937) dont le mythe de *Cthulhu* – avec son panthéon de dieux et de monstres, et leur tentative permanente de reconquête du pouvoir sur notre planète avec l'aide de leurs complices humains – va être repris et nourri par de nombreux continuateurs, qui en font un cycle en perpétuel enrichissement, une sorte de chanson de geste du fantastique et de l'horreur.

Cette tradition littéraire, Stephen King la connaît parfaitement. Il a lu tous ces auteurs. Il a même directement contribué à la saga de *Cthulhu* avec sa nouvelle *Crouch End* (1980), et nombreux sont dans son œuvre les références ou échos aux ouvrages précédemment cités, et à bien d'autres de la même veine.

Cependant le roman d'horreur, avant King, ne touchait qu'un

---

1. **Edgar Allan Poe** (1809-1849) : Poète, romancier, nouvelliste américain, considéré comme un des précurseurs de la science fiction, du fantastique moderne et du roman policier.

2. **Salem** : aux États-Unis, en 1692, à Salem (Massachusetts), un procès en sorcellerie entraîna l'exécution d'une vingtaine de personnes.

3. **Cotton Mather** (1663-1728) : ministre du culte puritain.

4. **Howard Phillips Lovecraft** (1890-1937) : écrivain américain connu pour ses récits d'horreur, fantastiques et de science-fiction (Série bilingue Langues Pour Tous : *L'Appel de Cthulhu*).

public souvent fanatique mais fort réduit. Certes, les *pulp magazines*[1] (***Weird Tales***) d'avant-guerre, les bandes dessinées, le cinéma et enfin la télévision ont progressivement étendu le cercle des amateurs.

Mais tout cela n'explique pas l'extraordinaire succès populaire de Stephen King.

En fait, c'est à son approche même du genre qu'il doit sa réussite : King est l'écrivain des grandes terreurs de l'âge atomique et technologique, de la solitude et de la difficulté d'être dans nos modernes cités. À l'instar de **Richard Matheson**[2] – auquel il rend hommage – il décrit le monde contemporain et ses citoyens ordinaires, et non pas des reclus vivant dans des manoirs en ruine ou des personnages excentriques. Le cadre de ses romans et nouvelles est l'Amérique d'aujourd'hui, et ses personnages – qui sont la proie de maléfices plus qu'ils ne les génèrent – ont des relations familiales et amoureuses suffisamment empreintes de normalité pour que le lecteur se sente proche d'eux.

Le style de King est accordé à cet environnement : ses personnages, et lui-même la plupart du temps, s'expriment comme des Américains moyens.

Ainsi le mystère qui rôde derrière la surface des choses et des êtres est mis au quotidien et se confond avec les inquiétudes d'un monde où l'homme est effrayé par ses propres pouvoirs de destruction.

Michel Marcheteau

---

1. *pulp magazines* : publications bon marché et très populaires, créées en 1896 aux États-Unis (sur des thèmes introduisant *western, policier, aventures, exploration, anticipation, science-fiction*).

2. **Richard Burton Matheson** (1926-2013) : écrivain et scénariste américain, spécialisé en science-fiction, fantastique et épouvante. Auteur de best-sellers : ***I am Legend**, Je suis une légende* (1954), ***The Shrinking Man**, L'Homme qui rétrécit* (1956).

Word Processor of the Gods

L'Ordinateur des dieux

At first glance it looked like a Wang word processor[1]—it had a Wang keyboard[2] and a Wang casing[3]. It was only on second glance[4] that Richard Hagstrom saw that the casing had been split open[5] (and not gently, either[6]; it looked to him as if the job had been done with a hacksaw[7] blade) to admit a slightly larger IBM[8] cathode tube. The archive[9] discs which had come with this odd mongrel[10] were not floppy[11] at all; they were as hard as the 45s[12] Richard had listened to as a kid.

"What in the name of God is that?" Lina asked as he and Mr. Nordhoff lugged[13] it over to his study[14] piece by piece. Mr. Nordhoff lived next door to Richard Hagstrom's brother's family, Roger, Belinda, and their boy, Jonathan.

"Something Jon built," Richard said. "Meant[15] for me to have it, Mr. Nordhoff says. It looks like a word processor."

"Oh yeah," Nordhoff said. He would not see his sixties[16] again and he was badly out of breath. "That's what he said it was, the poor kid... think we could set it down for a minute, Mr. Hagstrom? I'm pooped[17]."

---

1. **to process** : *traiter, transformer*. Il s'agit ici d'une *machine à traitement de texte* de marque **Wang**, donc d'un ordinateur.
2. **keyboard** : *clavier*.
3. **casing** : *revêtement*.
4. **glance** : *coup d'œil rapide, regard* ; **at first glance**, *à première vue*.
5. **to split open** : *fendre, se fendre*.
6. **either** : employé ici comme adverbe = *non plus*.
7. **hacksaw** : *scie à métaux* ; **blade**, *lame*.
8. **IBM** : initiales d'**International Business Machines**.
9. **archive** ['ɑːˈkaɪv] : *archive*.
10. **mongrel** : désigne en général un *chien bâtard* ; également une *plante*

À première vue ça ressemblait à un ordinateur Wang – il possédait un clavier Wang et un revêtement Wang. Ce n'était seulement lors d'un second coup d'œil que Richard Hagstrom vit que le revêtement avait été fendu (et pas délicatement non plus ; il lui sembla que le travail avait été fait avec une scie à métaux) pour introduire un tube cathodique légèrement plus grand. Les disquettes de stockage qui venaient avec ce bizarre objet hybride n'étaient pas molles du tout ; elles étaient aussi dures que les 45 tours que Richard écoutait dans son enfance.

— Au nom du Ciel, qu'est-ce que c'est ? demanda Lina alors que M. Nordhoff et lui traînaient la chose morceau par morceau jusqu'à son bureau.

M. Nordhoff était le voisin mitoyen de la famille du frère de Richard Hagstrom, Roger, Belinda et leur fils Jonathan.

— Quelque chose que Jon a construit, dit Richard. Fait à mon intention, selon monsieur Nordhoff. On dirait un ordinateur à traitement de texte.

— C'est bien ça, dit M. Nordhoff. (Il ne reverrait pas les années de sa soixantaine et était sérieusement essoufflé.) C'est ce qu'il a dit que c'était, le pauvre gosse... Ne pourrait-on pas le reposer un instant, monsieur Hagstrom ? Je suis crevé.

---

hybride ; ici il s'agit d'un objet hybride, dont l'aspect indéfinissable est renforcé par l'adjectif **odd**, *bizarre, dépareillé*.

11. **floppy** (sous-entendu **disc**) = *disquette* (d'ordinateur) ; l'adjectif **floppy** = *pendant, mou*.

12. **45s** : allusion aux anciens disques 45 tours.

13. **to lug** : *tirer, traîner, trimbaler*.

14. **study** : 1. ici *bureau* (pièce) ; 2. *étude*.

15. **meant** [ment] : *destiné à*, p.p. de **to mean** : 1. ici, *destiner à* ; 2. *signifier* ; 3. *avoir l'intention de*.

16. **sixties** : 1. ici *années soixante* ; 2. *soixantaine* (âge).

17. **I'm pooped** [pu:pt] : (US fam.) *je suis crevé, pompé*.

"You bet[1]," Richard said, and then called to his son

Seth, who was tooling[2] odd, atonal chords[3] out of his Fender guitar[4] downstairs—the room Richard had envisioned[5] as a "family room" when he had first paneled[6] it had become his son's "rehearsal[7] hall" instead.

"Seth!" he yelled[8]. "Come give us a hand!"

Downstairs, Seth just went on warping[9] chords out of the Fender. Richard looked at Mr. Nordhoff and shrugged[10], ashamed[11] and unable to hide it. Nordhoff shrugged back as if to say *Kids! Who expects anything better from them these days?* Except they both knew that Jon—poor doomed[12] Jon Hagstrom, his crazy[13] brother's son—had been better.

"You were good to help me with this," Richard said.

Nordhoff shrugged. "What else has an old man got to do with his time? And I guess[14] it was the least[15] I could do for Jonny. He used to cut my lawn[16] gratis, do you know that? I wanted to pay him, but the kid wouldn't take it. He was quite a[17] boy. "Nordhoff was still out of breath[18]. "Do you think I could have a glass of water, Mr. Hagstrom?"

---

1. **you bet!** : (US, fam.) = *un peu ! je veux !* ; **to bet**, *parier*.
2. **to tool**, formé sur **tool**, instrument, *outil*, ici sens figuré, *racler*.
3. **chords** [kɔːʳdz] : *accords* (de musique).
4. **Fender guitar** [gɪ'tɑːʳ] : *guitare* de la marque Fender.
5. **to envision** [en'vɪʒən] : (US) *imaginer, prévoir*.
6. **to panel** : *lambrisser, recouvrir de boiseries* ; US **paneled**, GB **panelled**.
7. **rehearsal** [rɪ'hɜːʳsəl] : *répétition* ; **to rehearse**, *répéter* (théâtre).
8. **to yell** [jel] : *crier, hurler*.
9. **to go on warping** ... : m. à m. *continuer à fausser* (*des accords*), **to warp**, *fausser, pervertir*. Les verbes exprimant la continuation sont suivis de la forme en –**ing**, dite « nom verbal ».
10. **to shrug** : *hausser* (les épaules).
11. **ashamed** [ə'ʃeɪmd] : *honteux-euse*.

16

— Un peu, dit Richard, et il appela son fils, Seth, qui raclait de bizarres accords atonals sur sa guitare Fender au rez-de-chaussée – la pièce que Richard avait prévue comme « salle de réunion familiale » quand il l'avait d'abord recouverte de boiserie, et qui était devenue le lieu de « répétition » de son fils.

— Seth ! cria-t-il. Viens nous donner un coup de main !

En bas, Seth continua juste à sortir des accords dissonants de sa Fender. Richard regarda M. Nordhoff et haussa les épaules, ne pouvant cacher sa honte. En retour Nordhoff haussa à son tour les épaules comme pour dire *Les Enfants ! Qui de nos jours attend d'eux quoi que ce soit de meilleur ?* Sauf qu'ils savaient tous les deux que Jon – le pauvre Jon Hagstrom condamné, le fils de son frère dément – avait été meilleur.

— Vous avez été aimable de m'apporter votre aide, dit Richard.

Nordhoff haussa les épaules.

— Qu'est-ce qu'un vieux doit faire d'autre de son temps ? Et je suppose que c'était la moindre des choses que je pouvais faire pour Jonny. Il tondait ma pelouse gratuitement, le saviez-vous ? Je voulais le payer, mais le gamin ne voulait rien recevoir. C'était quelqu'un ce garçon. (Nordhoff était encore essoufflé.) Pensez-vous que je pourrais avoir un verre d'eau, monsieur Hagstrom ?

---

12. **doomed** [du:md] : *condamné* ; **doom**, *destin* ; *ruine, perte* ; **Doomsday**, *Jour du Jugement dernier*.
13. **crazy** : *fou, folle*.
14. **I guess** : *je suppose*, emploi US ; autrement GB **to guess**, *deviner*.
15. **the least** : pronom, *le moins*.
16. **he used to cut my lawn** [lɔ:n] gratis : la forme **used to**, dite forme fréquentative, indique la répétition d'un fait dans le passé, et correspond à un imparfait français.
17. **quite a...** : cette expression exprime une forme d'admiration ; ici : *c'était quelqu'un, ce garçon !*
18. **out of breath** : *hors d'haleine*. ▶ Attention à la prononciation : **breath** [breθ], mais **to breathe** [bri:ð], *respirer*.

"You bet." He got it himself when his wife didn't move from the kitchen table, where she was reading a bodice-ripper[1] paperback[2] and eating a Twinkie[3]. "Seth!" he yelled again. "Come on up here and help us, okay?"

But Seth just went on playing[4] muffled[5] and rather sour[6] bar[7] chords on the Fender for which Richard was still paying.

He invited Nordhoff to stay for supper, but Nordhoff refused politely. Richard nodded[8], embarrassed again but perhaps hiding[9] it a little better this time.

What's a nice guy[10] like you doing with a family like that? his friend Bernie Epstein had asked him once, and Richard had only been able to shake[11] his head, feeling the same dull[12] embarrassment he was feeling now. He was a nice guy. And yet[13] somehow[14] this was what he had come out with— an overweight[15], sullen[16] wife who felt cheated out[17] of the good things in life, who felt that she had backed[18] the losing horse (but who would never come right out and say so), and an uncommunicative[19] fifteen-year-old son who was doing marginal work in the same school where Richard taught... a son who played weird[20] chords on the guitar morning, noon and night (mostly night) and who seemed to think that would somehow be enough to get him through[21].

---

1. **bodice-ripper** : *roman à l'eau de rose teinté d'érotisme (sur fond historique), formé sur* **bodice**, *corsage et* **to rip**, *déchirer.*

2. **paperback** ['peɪpərbæk] : *livre de poche, livre broché* ; *un livre relié ou cartonné se dira* **hardback** *ou* **hardcover** (US).

3. **a Twinkie** : *gâteau à la crème et aux fruits.*

4. **went on playing** : *continua à jouer* (voir p. 16, note 9).

5. **muffled** [mʌfld] : *étouffé, assourdi.*

6. **sour** [saʊər] : 1. ici, *aigre, acide* ; 2. *revêche, acerbe.*

7. **bar** : ici *mesure* (musique) ; *autrement tablette* ; *barre* ; *obstacle* ; *barreau* (jury) ; *café, bar* ; *barrette* ; *galon.*

8. **to nod** : *hocher, incliner la tête.*

9. **to hide** : *cacher, dissimuler.*

10. **a guy** [gaɪ] : *un gars, un mec* ; **a nice guy**, *un brave type* ; **a wise guy**, *un affranchi, un petit malin.*

11. **to shake**, prét., p.p. **shook, shaken** : 1. ici, *secouer* (la tête) ; 2. *agiter* ; 3. *ébranler, affecter* ; 4. *trembler.*

— Certainement.

Il le lui apporta lui-même, tandis que sa femme ne bougea pas de la table de la cuisine où elle lisait un roman à l'eau de rose dans un format poche en mangeant un Twinkie.

— Seth ! cria-t-il à nouveau. Monte ici nous aider, OK ?

Mais Seth continua juste à jouer des accords aux mesures plutôt grinçantes sur la Fender que Richard continuait à payer.

Il invita Nordhoff à rester pour le dîner, mais ce dernier refusa poliment. Richard inclina la tête, à nouveau embarrassé, mais le cachant cette fois un peu mieux.

Qu'est-ce qu'un brave type comme toi fait avec une famille pareille ? lui avait une fois demandé son ami Bernie Epstein, et Richard avait seulement été capable de secouer la tête, avec le même triste embarras que celui qu'il éprouvait maintenant. C'était un brave type et pourtant voici à quoi il avait abouti – une épouse renfrognée, avec des kilos en trop, qui s'estimait flouée et privée des bonnes choses de la vie et qui pensait qu'elle avait misé sur le cheval perdant (mais qui n'avait pas le courage de le dire en face), et un fils de quinze ans renfermé qui effectuait un travail marginal dans la même école où Richard enseignait... un fils qui tirait d'étranges accords de sa guitare le matin, le midi et la nuit (surtout la nuit) et qui semblait penser que cela, d'une manière ou d'une autre, le ferait réussir.

---

12. **dull** : 1. ici, *ennuyeux* ; 2. *terne, monotone* ; 3. *faible* (lumière) ; 4. *sourd*, **a dull thump**, *un bruit sourd* ; 4. *borné(e)*.

13. **yet** : 1. ici, conjonction, *cependant, pourtant, néanmoins* ; 2. adverbe : **not yet**, *pas encore* ; *déjà* ; *jusqu'à présent* ; *encore*.

14. **somehow** : (adv.) *d'une façon ou d'une autre, pour une raison ou pour une autre*.

15. **overweight** : adj. *avec du poids en trop, en surpoids* ; *en surcharge pondérale*.

16. **sullen** : ici, *renfrogné, maussade* (temps) ; *morose*.

17. **to be cheated out** : *être escroqué, floué* ; **to cheat** [tʃi:t], *duper, tromper, tricher*.

18. **to back** : 1. ici, *parier sur, miser sur* (**the losing horse**, *le cheval perdant*) ; 2. *appuyer, financer, soutenir* ; 3. *reculer, faire marche arrière*.

19. **uncommunicative** : *peu communicatif*.

20. **weird** [wɪəʳd] : 1. ici, *bizarre, étrange* ; 2. *surnaturel*.

21. **to get through** : ici, *réussir, parvenir, se qualifier* ; *passer à travers*.

"Well, what about a beer?" Richard asked. He was reluctant[1] to let Nordhoff go—he wanted to hear more about Jon.

"A beer would taste[2] awful[3] good," Nordhoff said, and Richard nodded gratefully.

"Fine," he said, and went back to get them a couple[4] of Buds[5].

His study was in a small shedlike[6] building that stood apart from the house—like the family room, he had fixed it up[7] himself. But unlike the family room, this was a place he thought of as his own—a place where he could shut out[8] the stranger he had married and the stranger she had given birth to[9].

Lina did not, of course, approve of[10] him having his own place, but she had not been able to stop it—it was one of the few little victories he had managed[11] over her. He supposed that in a way she *had*[12] backed a losing horse—when they had gotten[13] married sixteen years before, they had both believed he would write wonderful, lucrative novels[14] and they would both soon be driving around in Mercedes-Benzes[15]. But the one novel he had published[16] had not been lucrative, and the critics had been quick to point out[17] that it wasn't very wonderful, either. Lina had seen things the critics' way, and that had been the beginning of their drifting apart[18].

---

1. **reluctant** [rɪˈlʌktənt] : *réticent(e)* ; *à contrecœur*.

2. **to taste** : 1. ici, *avoir un goût* ; 2. *goûter*.

3. **awful** : [ˈɔːfʊl] 1. ici, emploi adverbial : *très, terriblement* ; 2. adj. *affreux, terrifiant, terrible*.

4. **a couple** [kʌpl] : *deux ou trois, quelques*.

5. **Buds** : abrégé de **Budweiser**, célèbre bière blonde US.

6. **shedlike** : *pareil à une remise* ; **shed**, *abri, cabane, remise, appenti*.

7. **to fix up** : 1. ici, *arranger* ; *installer* ; 2. *réparer* ; 3. *préparer* (qqch. à manger).

8. **to shut out** : *ne pas laisser entrer*.

9. **... to** : une préposition peut être reportée à la fin d'une proposition ; dans ce cas on omet le pronom relatif, ici **who(m)** ; on aurait pu avoir **the stranger to who(m)** she had given birth.

— Eh bien, si on prenait une bière ? demanda Richard.

Il rechignait à laisser partir Nordhoff – il voulait en savoir plus sur Jon.

— Une bière aurait très bon goût, dit Nordhoff, et Richard acquiesça avec reconnaissance.

— Bien, dit-il, et il repartit chercher deux bières Bud.

Son bureau se trouvait dans un bâtiment pareil à une remise qui se tenait à l'écart de la maison – comme la salle de réunion familiale, il l'avait installé lui-même. À la différence que c'était un endroit qu'il estimait être à lui – un endroit où il pouvait ne pas laisser entrer l'étrangère qu'il avait épousée et l'étranger qu'elle avait enfanté.

Lina, bien sûr, n'approuvait pas qu'il ait un endroit pour lui seul, mais elle n'avait pas été en mesure de l'arrêter – c'était une des rares petites victoires qu'il avait réussi à emporter sur elle. Il supposait qu'en un sens elle avait misé sur le mauvais cheval – quand seize années auparavant ils s'étaient mariés, ils avaient tous les deux pensé qu'il écrirait des romans merveilleux et lucratifs, et que bientôt ils se promèneraient dans des Mercedes-Benz. Mais le seul roman qu'il avait publié n'avait pas été rentable, et les critiques avaient rapidement fait remarquer qu'il n'était pas formidable non plus. Lina avait vu la même chose que les critiques, et cela avait été le début de leur éloignement.

---

10. **did not approve of** [ə'pru:v] : 1. ici, *désapprouvait* ; la préposition **of** gouverne la forme en **–ing** (rappel : dite « nom verbal ») ; 2. **to approve of sb** : *avoir bonne opinion de qqn*.

11. **to manage** ['mænɪdʒ] : 1. ici, *réussir* ; 2. *se débrouiller* ; 3. *administrer, diriger, gérer*.

12. *had* : l'emploi de l'italique indique une insistance.

13. **gotten** : forme US du participe passé de **to get, got, got**.

14. **a novel** : *un roman* ; *une nouvelle* (livre), **a short story**.

15. le français ne met pas au pluriel les marques de voitures.

16. **to publish** : *publier, éditer* ; *un éditeur*, **a publisher**. ▶ Attention : **an editor** 1. *un(e) rédacteur-trice* (presse) ; 2. *un(e) monteur-euse* (ciné, TV).

17. **to point out** : 1. ici, *faire remarquer* ; 2. *montrer, indiquer*.

18. **to drift apart** : *s'éloigner l'un de l'autre*.

So the high school teaching job which both of them had seen as only a stepping-stone[1] on their way to fame[2], glory, and riches[3], had now been their major source of income[4] for the last fifteen years—one helluva[5] long stepping-stone, he sometimes thought. But he had never quite let go of his dream. He wrote short stories and the occasional[6] article. He was a member in good standing[7] of the Authors Guild[8]. He brought in about $5,000 in additional income with his type-writer[9] each year, and no matter how much Lina might grouse[10] about it, that rated him his own study... especially since she refused to work.

"You've got a nice place here," Nordhoff said, looking around the small room with the mixture of old-fashioned prints on the walls.

The mongrel word processor sat on the desk with the CPU[11] tucked[12] underneath. Richard's old Olivetti electric[13] had been put aside for the time being[14] on top of one of the filing cabinets[15].

"It serves the purpose[16]," Richard said. He nodded at the word processor. "You don't suppose that thing really works[17], do you? Jon was only fourteen."

"Looks funny[18], doesn't it?"

"It sure does," Richard agreed.

---

1. **a stepping stone** : *marchepied.*
2. **fame** [feɪm] : *célébrité, gloire, renommée.*
3. **riches** ['rɪtʃɪz] : *la* (ou *les*) *richesse(s).* ▶ Attention : sur l'adjectif **rich** se forme le substantif collectif singulier **the rich**, *les riches.*
4. **income** : *revenu(s)* ; **income tax**, *impôt sur le revenu.*
5. **helluva** ['helǝvǝ] = **hell of a**... *sacrément...*
6. **occasional** [ǝˈkeɪʒǝnǝl] : 1. ici, *occasionnel(le)* ; *qui a lieu de temps en temps* ; 2. *intermittent, sporadique* ; 3. *de circonstance.*
7. **standing** : 1. ici, *position, rang* ; 2. *réputation* ; 3. *durée.*
8. **Authors Guild** [gɪld] : association basée à New York, chargée de défendre les intérêts (droits, redevances, etc.) des auteurs.
9. **typewriter** : *machine à écrire.*
10. **to grouse** [graʊs] : *râler, rouspéter.*

Aussi son emploi d'enseignant dans un établissement d'enseignement secondaire qu'ils avaient tous les deux vu comme un tremplin pour leur chemin vers la célébrité, la gloire, la richesse, était devenu maintenant leur principale source de revenus depuis ces quinze dernières années – un tremplin sacrément long, songeait-il parfois. Mais il n'avait jamais tout à fait abandonné son rêve. Il écrivait des nouvelles et un article à l'occasion. Il était membre en bonne position de la Guilde des Auteurs. Il faisait rentrer 5 000 dollars de revenus additionnels chaque année avec sa machine à écrire, et peu importe combien Lina pouvait râler à ce sujet, cela finançait son propre bureau... en particulier parce qu'elle refusait de travailler.

— Vous avez un chouette endroit ici, dit Nordhoff, regardant autour de lui la petite pièce avec le mélange de gravures anciennes sur les murs.

L'ordinateur hybride se tenait sur le bureau, son unité centrale rangée en dessous. La vieille machine à écrire Olivetti avait pour le moment été mise de côté sur un des classeurs.

— Ça fait l'affaire, dit Richard. (Il pencha la tête vers le traitement de texte.) Vous ne supposez pas que cette chose fonctionne, n'est-ce pas ? Jon n'avait que quatorze ans.

— Ça paraît bizarre, hein ?

— Ça l'est vraiment, acquiesça Richard.

---

11. **CPU = Central processing unit** : *unité centrale de traitement d'un ordinateur.*

12. **to tuck** : 1. ici, *glisser* ; *ranger* ; *cacher* ; *mettre* ; 2. *rentrer* ; *border.*

13. **Olivetti electric** : *machine à écrire de la marque Olivetti.*

14. **for the time being** : (expr.) *pour le moment.*

15. **filing cabinet** : (US) *classeur (meuble)* ; **to file** [faɪl], *classer* ; **a file**, *un dossier* ; *un fichier.*

16. **to serve the purpose** [ˈpɜːrpəs] : m. à m., *que l'on peut traduire par ça fait l'affaire* (it renvoie à la cabane construite par Richard Hagstrom).

17. **to work** [wɜːrk] : 1. ici, *fonctionner, marcher* ; 2. *travailler.*

18. **it looks funny** : **to look** : *paraître* ; **funny** : 1. ici, *bizarre, curieux* ; 2. *drôle* ; 3. *louche.*

Nordhoff laughed. "You don't know the half of it," he said. "I peeked down[1] into the back of the video unit. Some of the wires are stamped[2] IBM, and some are stamped Radio Shack[3]. There's most of a Western Electric telephone[4] in there. And believe it or not, there's a small motor from an Erector Set[5]." He sipped[6] his beer and said in a kind of afterthought[7]: "Fifteen. He just turned fifteen. A couple of days before the accident." He paused and said it again, looking down at his bottle of beer. "Fifteen." He didn't say it loudly.

"*Erector Set?*" Richard blinked[8] at the old man.

"That's right. Erector Set puts out[9] an electric model kit[10]. Jon had one of them, since he was... oh, maybe six. I gave it to him for Christmas one year. He was crazy[11] for gadgets even then. Any kind of gadget would do[12] him, and did that little box of Erector Set motors tickle[13] him? I guess it did. He kept it for almost ten years. Not many kids do that, Mr. Hagstrom."

"No," Richard said, thinking of the boxes of Seth's toys he had lugged[14] out over the years—discarded[15], forgotten, or wantonly[16] broken. He glanced[17] at the word processor. "It doesn't work, then."

---

1. **to peek** [piːk] **down** : *jeter un coup d'œil.*
2. **to stamp** : 1. ici, *étiqueter* ; *marquer* ; 2. *affranchir, timbrer* ; 3. *taper du pied, trépigner* ; *piaffer.*
3. **Radio Shack** : fabricant et distributeur américain de matériel électronique.
4. **Western Electric telephone** : marque de téléphone développée par la Société **Bell** du groupe américain **AT&T** (**American Telephone and Telegraph**) créée par **Alexander Graham Bell** (1847-1922), inventeur du téléphone (1872).
5. **Erector Set** : jeu de construction, et également nom d'une marque de jeu.
6. **to sip** : *siroter, boire à petites gorgées.*
7. **afterthought** [ˈɑːftərˌθɔːt] : *idée après coup.*
8. **to blink** : *cligner des yeux.*
9. **to put out** : 1. ici, *sortir* (un modèle) ; 2. *faire circuler* ; *émettre* ; 3. *éteindre.*

Nordhoff rit.

— Vous n'en savez que la moitié, dit-il. J'ai jeté un coup d'œil à l'arrière de l'unité vidéo. Certains des fils portent la marque IBM et d'autres sont étiquetés Radio Shack. Il y a là-dedans la plus grande partie d'un téléphone Western Electric. Et croyez-le ou non, il y a un petit moteur d'un jeu Erector Set.

Il but quelques gorgées de bière et dit comme à la réflexion :

— Quinze. Il venait d'avoir quinze ans. Quelques jours avant l'accident.

Il fit une pause et répéta à nouveau, baissant les yeux sur sa bouteille de bière.

— Quinze.

Il ne le dit pas d'une voix forte.

— Un jeu *Erector* ?

Richard cligna des yeux vers le vieil homme.

— Exact. Erector Set a sorti une trousse de matériel électrique. Jon en avait une depuis qu'il avait... oh, peut-être six ans. Je la lui ai donnée une année pour Noël. Il était fou de gadgets même alors. N'importe quelle sorte de gadgets lui convenait, et est-ce que cette petite boîte de moteurs Erector Set l'a séduit ? Je pense que oui. Il l'a gardée pendant presque dix ans. Y a pas beaucoup de gamins qui font ça, monsieur Hagstrom.

— Non, fit Richard, pensant aux boîtes de jeux de Seth qu'il avait mises à la poubelle au fil des ans, abandonnées, oubliées ou cassées sans justification.

Il jeta un coup d'œil à l'ordinateur.

— Alors ça ne marche pas.

---

10. **kit** : 1. ici, *kit* ; 2. *trousse* ; 3. *affaire* ; *matériel*.
11. **crazy** : 1. ici, *fou* au sens de *fana de* ; 2. *fou* (malade) ; *bizarre*.
12. **would do** : ici, **to do** a le sens de *suffire, convenir*.
13. **to tickle** [tɪkl] : 1. ici, *séduire, chatouiller* (au sens figuré – la curiosité – ou propre – les pieds) ; *amuser*.
14. **to lug** : rappel = *trimbaler, traîner*.
15. **discarded** [dɪskɑːʳdɪd] : *abandonné* ; **to discard** : 1. *se débarrasser de* ; 2. (cartes) *se défausser*.
16. **wantonly** : *gratuitement, sans justification*.
17. **to glance** : rappel : *jeter un coup d'œil*.

"I wouldn't bet[1] on that until you try it," Nordhoff said. "The kid was damn near[2] an electrical genius[3]."

"That's sort of pushing it[4], I think. I know he was good with gadgets, and he won the State Science Fair[5] when he was in the sixth grade[6]."

"Competing[7] against kids who were much older—high school seniors[8] some of them," Nordhoff said. "Or that's what his mother said."

"It's true. We were all very proud of him." Which wasn't exactly true. Richard had been proud, and Jon's mother had been proud; the boy's father didn't give a shit[9] at all. "But Science Fair projects and building your very own hybrid word-cruncher[10]—" He shrugged.

Nordhoff set his beer down. "There was a kid back in the fifties[11]," he said, "who made an atom smasher[12] out of two soup cans[13] and about five dollars' worth[14] of electrical equipment. Jon told me about that. And he said there was a kid out in some hick[15] town in New Mexico who discovered tachyons[16]—negative particles that are supposed to travel backwards[17] through time—in 1954.

A kid in Waterbury, Connecticut—eleven years old—who made a pipe-bomb[18] out of the celluloid he scraped off[19] the backs of a deck of playing cards[20].

---

1. **to bet** : rappel : *parier.*
2. **damn near** : *très proche (d'être).*
3. **an electrical genius** ['dʒi:nɪəs] : *un électricien de génie.*
4. **to push it** : ici, *pousser,* au sens d'*exagérer.*
5. **State Science Fair** : **fair** 1. ici, *Fête (de la science)* ; 2. *foire,* the Book Fair, *le Salon du livre.*
6. **sixth grade** : (US) *classes de terminale* ; (GB) **sixth form**.
7. **to compete** [kəm'pi:t] : 1. ici, *rivaliser* ; 2. *concurrencer* ; 3. *concourir.*
8. **high school** : (US) *lycée* ; **seniors** : *élèves de terminale.*
9. **not to give a shit** : *se ficher de, se foutre de.*
10. **hybrid** ['haɪbrɪd] **word-cruncher** : m. à m. *un broyeur de mots hybride.*
11. **back in the fifties** : *dans les années cinquante.*
12. **atom smasher** : m. à m. *un briseur d'atomes* ; **to smash**, *fracasser, briser* ; *écraser* ; *démolir.*

— Je ne parierais pas avant que vous ne l'ayez essayé, dit Nordhoff. Le gamin n'était pas loin d'être un électricien de génie.

— C'est plutôt exagéré, je pense. Je sais qu'il était bon avec les gadgets, et il a gagné à la Fête de la Science quand il était en terminale.

— Rivalisant avec des gamins qui étaient bien plus âgés – certains étudiants en licence, dit Nordhoff. Ou c'est ce que sa mère disait.

— C'est vrai. Nous étions tous très fiers de lui.

Ce qui n'était pas exactement vrai. Richard avait été fier, et la mère de Jon fière également ; le père du garçon s'en moquait complètement.

— Mais des projets à la Fête de la Science et construire son propre broyeur de mots hybride...

Il haussa les épaules.

Nordhoff reposa sa bière.

— Il y avait un gosse dans les années cinquante, dit-il, qui a fabriqué un briseur d'atomes avec deux boîtes de conserve de soupe et pour environ 5 dollars de matériel électrique. Jon m'en a fait part. Et il a dit qu'il y avait un gosse dans un patelin de ploucs dans le Nouveau-Mexique qui en 1954 a découvert les tachyons – des particules négatives supposées remonter dans le temps. Un gamin de douze ans, à Waterbury, dans le Connecticut, a fabriqué une petite bombe à partir de morceaux de celluloïd enlevés en grattant le dos d'un jeu de cartes.

---

13. **can** : 1. ici, *boîte de conserve* ; 2. *canette* ; 3. *bidon*.

14. **worth** : 1. (ici, adj) *valant* (environ 5 dollars) ; 2. (nom) *valeur*.

15. **hick** : 1. (ici, adj) *plouc, péquenot* ; 2. (nom) *plouc*.

16. **tachyons** : très petits éléments faisant partie de la structure atomique de la matière.

17. **to travel backwards** : m. à m. voyager en arrière, c-à-d. remonter le temps.

18. **pipe-bomb** ['paɪpbɒm] : petite bombe artisanale, composée d'un simple *tuyau*, **pipe**, bourré d'explosif mis à feu par une mèche. Remarque : le **b** final de **bomb** ne se prononce pas.

19. **to scrape off** : *enlever en grattant* ; c'est la préposition **off** qui donne le sens principal, *enlever*, le verbe, **to scrape**, la façon dont cela se fait.

20. **a deck of playing cards** : *un jeu de cartes* (à jouer).

27

He blew up[1] an empty doghouse[2] with it. Kids're funny sometimes. The supersmart[3] ones in particular. You might be surprised."

"Maybe. Maybe I will be."

"He was a fine boy, regardless[4]."

"You loved him a little, didn't you?"

"Mr. Hagstrom," Nordhoff said, "I loved him a lot. He was a genuinely[5] all-right kid[6]."

And Richard thought how strange it was—his brother, who had been an utter[7] shit[8] since the age of six, had gotten[9] a fine woman and a fine bright son. He himself, who had always tried to be gentle[10] and good (whatever[11] "good" meant in this crazy world), had married Lina, who had developed into[12] a silent, piggy[13] woman, and had gotten Seth by her[14]. Looking at Nordhoff's honest, tired face, he found himself wondering[15] exactly how that had happened and how much of it had been his own fault, a natural result of his own quiet weakness[16].

"Yes," Richard said. "He was, wasn't he?"

"Wouldn't surprise me if it worked," Nordhoff said. "Wouldn't surprise me at all."

After Nordhoff had gone, Richard Hagstrom plugged the word processor in[17] and turned it on[18].

There was a hum[19], and he waited to see if the letters IBM would come up on the face[20] of the screen. They did not.

---

1. **to blow up**, prét., p.p. (**blew, blown**) : 1. ici, *faire sauter, exploser*; 2. *agrandir, exagérer*.

2. **doghouse** : *chenil, niche*.

3. **the supersmart** : *les surdoués*; **smart** : 1. *habile, malin, futé*; 2. *vif, rapide*; 3. *chic, élégant*.

4. **regardless** [rɪˈgɑːrdlɪs] : *malgré tout*.

5. **genuinely** [ˈdʒenjʊɪnlɪ] : *véritablement, authentiquement*.

6. **all-right (kid)** : 1. *chouette, bien (un garçon)*; 2. *en bonne santé, sain et sauf*.

7. **utter** : adj. *parfait, total*.

8. **shit** : (vulg.) 1. (ici, nom) *connard, enfoiré*; 2. *merde*. Pour s'informer sur les dizaines d'emplois du mot **shit**, consulter *Slang, le Dictionnaire bilingue de l'argot d'aujourd'hui*, de Langues pour Tous.

9. **gotten** : p.p. US de **to get** (p.p. GB **got**).

Il a fait sauter une niche vide avec. Les gosses sont drôles parfois. Les surdoués en particulier. Vous pourriez être surpris.

— Peut-être. Je le serai peut-être.

— C'était malgré tout un excellent garçon.

— Vous l'aimiez un peu, n'est-ce pas ?

— Monsieur Hagstrom, dit Nordhoff, je l'aimais beaucoup. C'était véritablement un garçon bien.

Et Richard pensait à quel point il était étrange que c'était son frère, un parfait connard depuis l'âge de six ans, qui avait eu une belle femme et un fils beau et brillant. Et lui, qui s'était toujours efforcé d'être doux et bon (quoique bon, dans ce monde, signifiât fou), avait épousé Lina, qui était devenue une femme porcine et taciturne, et qui lui avait donné Seth. En regardant le visage honnête et fatigué de Nordhoff, il se mit à se demander comment cela était arrivé et à quel point cela provenait de sa propre faute, un résultat naturel de sa propre faiblesse cachée.

— Oui, dit Richard. Un chouette garçon, n'est-ce pas ?

— Ça ne me surprendrait pas du tout si ça fonctionnait, dit Nordhoff.

Après le départ de Nordhoff, Richard brancha l'appareil et l'alluma.

Il y eut un bourdonnement, et il attendit pour voir si les lettres IBM apparaîtraient sur le devant de l'écran. Elles n'apparurent pas.

---

10. **gentle** : *modéré, doux.*
11. **whatever** : *quoique...*
12. **to develop into** : *devenir.*
13. **piggy** : *goinfre, glouton-ne, porcin-e.*
14. **had gotten Seth by her** : *avait mis Seth de son côté.*
15. **to wonder** : 1. ici, *se demander* ; 2. *s'étonner, s'émerveiller.*
16. **weakness** : 1. ici, *faiblesse* ; 2. *défaut, point faible.*
17. **to plug in** : *brancher* ; **a plug** 1. *prise* (élect.) ; 2. *bougie* (auto).
18. **to turn on** : 1. ici, *allumer* ; 2. *ouvrir.*
19. **hum** : *un bourdonnement* ; *un vrombissement* ; **to hum** : *bourdonner, fredonner.*
20. **on the face** : 1. ici, *sur le devant* ; 2. *visage, figure* ; 3. *mine, expression* ; 4. *cadran* (réveil).

Instead, eerily[1], like a voice from the grave[2], these words swam up[3], green ghosts[4], from the darkness:

HAPPY BIRTHDAY, UNCLE RICHARD! JON. "Christ[5]," Richard whispered[6], sitting down hard. The accident that had killed his brother, his wife, and their son had happened two weeks before—they had been coming back from some sort of day trip[7] and Roger had been drunk[8]. Being drunk was a perfectly ordinary occurrence in the life of Roger Hagstrom. But this time his luck had simply run out[9] and he had driven his dusty old van[10] off the edge[11] of a ninety-foot drop[12]. It had crashed and burned.

Jon was fourteen—no, fifteen. Just turned fifteen a couple of days before the accident, the old man said. Another three years and he would have gotten free of that hulking[13], stupid bear[14]. His birthday... and mine coming up soon.

A week from today. The word processor had been Jon's birthday present for him.

That made it worse[15], somehow. Richard could not have said precisely how, or why, but it did. He reached out to turn off the screen and then withdrew[16] his hand.

Some kid made an atom smasher out of two soup cans and five dollars' worth of auto electrical parts.

Yeah, and the New York City sewer[17] system is full of alligators and the U.S. Air Force has the body of an alien[18] on ice somewhere in Nebraska. Tell me a few more. It's bullshit[19]. But maybe that's something I don't want to know for sure.

---

1. **eerily** : *étrangement* ; formé sur **eerie**, *inquiétant, sinistre*.
2. **grave** [greɪv] : ici, nom, *tombe* ; 2. adj., grave, sérieux-euse.
3. **swam up** : prét. de **to swim** (p.p. **swum**) : *remontèrent à la surface* ; c'est la postposition **up** qui décrit l'action principale, *monter*, le verbe anglais, **to swim**, *nager*, pris au sens figuré, peut être ici rendu par un nom, *surface*, pour évoquer ce qui vient du fond d'une tombe.
4. **ghost** [gəʊst] : *fantôme, revenant*.
5. **Christ** [kraɪst] : (excl.) 1. ici, *Bon Dieu !* ; 2. parfois, vulgairement, *bordel de Dieu ! putain ! merde !*
6. **to whisper** : *dire à voix basse, murmurer* ; *chuchoter*.
7. **day trip** : *excursion d'une journée*.
8. **drunk** : (adj), *ivre, soûl* ; **to get drunk**, *se soûler* ; (nom) *ivrogne*.
9. **to run out** : *être à court de* ; on pourrait traduire : *sa chance avait tourné*.

Au lieu de cela, étrangement, telle une voix venant d'outre-tombe, ces mots, des fantômes verts, remontèrent de l'obscurité :
BON ANNIVERSAIRE, ONCLE RICHARD ! JON

— Bon Dieu, murmura Richard, s'asseyant brutalement.

L'accident qui avait tué son frère, sa femme et leur fils s'était produit deux semaines avant – ils revenaient d'une excursion d'une journée, et Roger s'était soûlé. Être ivre était un événement parfaitement ordinaire dans la vie de Roger Hagstrom. Mais cette fois sa veine avait tourné et il avait conduit sa vieille camionnette poussiéreuse hors du bord d'un précipice de trente mètres. Elle s'était écrasée et avait brûlé. *Jon avait quatorze – non, quinze ans. Juste quinze ans quelques jours avant l'accident, a dit le vieil homme. Encore trois ans et il aurait été libéré de cette stupide grosse brute. Son anniversaire... et le mien approchant bientôt.*

À une semaine d'aujourd'hui. L'ordinateur avait été son cadeau d'anniversaire de la part de Jon.

Pour aggraver les choses, en quelque sorte. Richard n'aurait pu dire précisément comment, ou pourquoi, mais c'était le cas. Il tendit la main pour éteindre l'écran puis retira sa main.

Un certain gosse avait fabriqué un briseur d'atomes avec deux boîtes de conserve de soupe et pour cinq dollars de matériel électrique.

Ouais, et le système des égouts de New York est infesté d'alligators et l'Armée de l'air américaine conserve un extraterrestre congelé quelque part dans le Nebraska. Dis-m'en un peu plus. Ce sont des bobards. Mais c'est peut-être quelque chose que je ne veux pas savoir.

---

10. **dusty old van** : *vieille camionnette poussiéreuse.*

11. **edge** : 1. ici, *bord, rebord* ; 2. *lisière* ; 3. *tranchant* (lame).

12. **drop** : *chute* : 1. *dénivellation, précipice* ; 2. *baisse.*

13. **hulking** : *massif, gros* ; formé sur **hulk** : 1. *mastodonte* (d'où le personnage de BD, **Hulk**) ; 2. *épave, ponton.*

14. **stupid bear** : *ours*, pris ici de façon péjorative, *stupide brute.*

15. **to make it worse** : *pour aggraver, empirer le cas.*

16. **withdrew** : prét. de **to withdraw**, *retirer.*

17. **sewer** : *égout.* ▶ Attention à la prononciation : US ['suːər], GB ['sjuːər], mais **sewer** ['səʊər] = **one who sews, to sew** [səʊ] *coudre.*

18. **alien** : 1. ici, nom, *extraterrestre* ; 2. nom/adj *étranger-ère.*

19. **bullshit** : (slang) *conneries, bobards.*

He got up, went around to the back of the VDT[1], and looked through the slots[2]. Yes, it was as Nordhoff had said. Wires stamped RADIO SHACK MADE IN TAIWAN. Wires stamped WESTERN ELECTRIC and WESTREX[3] and ERECTOR SET, with the little circled trademarke[4]. And he saw something else, something Nordhoff had either missed[5] or hadn't wanted to mention. There was a Lionel Train transformer[6] in there, wired up[7] like the Bride of Frankenstein[8].

"Christ," he said, laughing but suddenly near tears. "Christ, Jonny, what did you think you were doing?"

But he knew that, too. He had dreamed and talked about owning[9] a word processor for years[10], and when Lina's laughter became too sarcastic to bear[11], he had talked about it to Jon. "I could write faster, rewrite faster, and submit[12] more," he remembered telling Jon last summer—the boy had looked at him seriously, his light blue eyes, intelligent but always so carefully wary[13], magnified[14] behind his glasses. "It would be great ... really great[15]."

"Then why don't you get one, Uncle Rich?"

"They don't exactly give them away[16]," Richard had said, smiling.

---

1. **VDT** = **Video Display Terminal** : *terminal d'affichage vidéo*.

2. **slot** : 1. ici, *fente, rainure* ; 2. *créneau, tranche horaire* (TV) **slot-machine**, *machine à sous*.

3. **Westrex** : fournisseur et fabricant d'imprimantes et de matériel informatique.

4. **trademark** : *marque de fabrique*.

5. **to miss** : *manquer, rater*.

6. **Lionel Train transformer** : transformateur électrique pour les trains de marque Lionel (lancée par Joshua Lionel Cowen en 1900).

7. **wired up** : *branché, câblé*.

8. **Bride of Frankenstein** : *la fiancée de Frankenstein* ; allusion au savant fou (qui construit un humain artificiel à partir de cadavres) imaginé dans le roman ***Frankenstein or the Modern Prometheus*** (1817) de la

Il se leva, s'approcha du dos de l'écran, et regarda à travers les fentes. Oui, c'était comme Nordhoff l'avait dit.

Des fils étiquetés RADIO SHACK MADE IN TAIWAN. Des fils étiquetés WESTERN ELECTRIC et WESTREX et ERECTOR SET, avec la petite marque de fabrique dans un cercle. Et il vit quelque chose d'autre, quelque chose que Nordhoff avait raté ou qu'il n'avait pas voulu mentionner. Il y avait un transformateur électrique Lionel, branché comme la Fiancée de Frankenstein.

— Ciel, dit-il, riant mais soudain près de pleurer. Ciel, Jonny, que pensais-tu que tu étais en train de faire ?

Mais il savait cela, aussi. Il avait rêvé et parlé, depuis des années, de posséder un ordinateur, et quand le rire de Lina devint trop sarcastique à supporter, il en avait parlé à Jon.

« Je pourrais écrire plus vite, réécrire plus vite, et soumettre plus », il se rappelait en avoir parlé à Jon l'été dernier – le garçon l'avait regardé sérieusement, ses yeux bleus clairs, intelligents mais toujours si soigneusement prudents, grossis derrière ses lunettes.

« Ce serait sensationnel... réellement sensationnel.

— Alors pourquoi tu n'en achètes pas un, oncle Rich ?

— Ils ne les donnent pas vraiment, avait dit Richard en souriant.

---

romancière anglaise Mary Godwin Shelley (1797-1850), seconde épouse du poète anglais Percy Bysshe Shelley (1792-1822). **Frankenstein**, désignant aussi bien le savant que le monstre qu'il a créé, est devenu, au cinéma, un classique du film de terreur.

9. **owning** : to own, *posséder.*
10. **for years** : *depuis des années.*
11. **to bear** : 1. ici, *supporter*; 2. *porter*; 3. *donner naissance.*
12. **to submit** : 1. ici, *soumettre* (projet) ; 2. *suggérer*; 3. *se soumettre.*
13. **wary** ['weərɪ] : 1. ici, *prudent*; 2. *hésitant, méfiant.*
14. **to magnify** ['mægnɪfaɪ] : *grossir*; *agrandir*; *amplifier.*
15. **great** [greɪt] : 1. ici, fam., *super, sensationnel* ; 2. *grand.*
16. **to give away** : *distribuer* (sous-entendu gratuitement).

"The Radio Shack model starts at around three grand[1]. From there you can work yourself up[2] into the eighteen-thousand-dollar range[3]."

"Well, maybe I'll build you one sometime," Jon had said.

"Maybe you just will," Richard had said, clapping[4] him on the back. And until Nordhoff had called[5], he had thought no more about it.

Wires from hobby-shop[6] electrical models.

A Lionel Train transformer.

Christ.

He went around to the front again, meaning to turn it off, as if to actually[7] try to write something on it and fail[8] would somehow defile[9] what his earnest[10], fragile[11] (doomed[12]) nephew[13] had intended[14].

Instead, he pushed the EXECUTE button on the board. A funny little chill[15] scraped[16] across his spine[17] as he did it—EXECUTE was a funny word to use, when you thought of it. It wasn't a word he associated with writing; it was a word he associated with gas chambers and electric chairs... and, perhaps, with dusty old vans plunging off the sides of roads.

---

1. **grand** [grænd] : 1. ici, nom fam. US, $1000 *mille dollars*; GB, £1000, *mille livres*; 2. *grandiose, majestueux*.

2. **to work up** : 1. ici, *s'acheminer, aller vers, approcher, monter jusqu'à*; 2. *exciter, provoquer*; 3. *développer*.

3. **range** [reɪndʒ] : 1. ici, *fourchette* (de prix); 2. *portée, rayon d'action*; 3. *gamme*; 4. *chaîne* (montagne).

4. **to clap** : *donner une tape*.

5. **to call** : 1. ici, *passer* (voir), *rendre visite*; 2. *appeler, téléphoner*.

6. **hobby-shop** : *boutique de modélisme et modèles réduits*.

7. **actually** : 1. ici, *en fait*; 2. *vraiment*; *exactement*. ▶ Attention : *actuellement* se dira en anglais **at present**, **currently**.

8. **to fail** : 1. ici, *échouer*; 2. *négliger de faire qqch.*; 3. *tomber en panne*.

— Le modèle Radio Shack commence à environ trois mille dollars. À partir de là on peut monter jusqu'à une fourchette de dix-huit mille dollars.

— Bien, je t'en construirai un peut-être un jour, avait dit Jon.

— Tu le feras certainement, avait dit Richard, en lui donnant une tape dans le dos.

Et jusqu'à ce que Nordhoff passe, il n'y avait plus pensé.

Des fils d'une boutique de modèles réduits électriques.

Un transformateur électrique Lionel pour train.

Bon Dieu.

Il retourna à nouveau vers le devant, avec l'intention de l'éteindre, comme si le fait d'essayer d'écrire quelque chose dessus et d'échouer aurait en quelque sorte profané ce que son sérieux, fragile (et condamné) neveu avait projeté.

Au lieu de cela, il appuya sur le bouton EXÉCUTER sur le clavier. En faisant cela, un curieux petit frisson traversa en l'effleurant son épine dorsale – EXÉCUTER était un drôle de mot à utiliser, quand on y pensait. Ce n'était pas un mot qu'il associait à l'écriture ; c'était un mot qu'il associait aux chambres à gaz et aux chaises électriques... et peut-être aux vieilles camionnettes poussiéreuses plongeant hors du bord des routes.

---

9. **to defile** [dɪˈfaɪl] : 1. ici, *profaner* (mémoire), *souiller* ; 2. *défiler*.

10. **earnest** [ˈɜːrnəst] : 1. ici, *sérieux* ; *profond* ; 2. *ardent, fervent*.

11. **fragile** : attention à la prononciation : US [ˈfrædʒɪl], GB [ˈfrædʒaɪl].

12. **doomed** : rappel : *condamné* ; **doom**, *destin* ; *ruine* ; *perte*.

13. **nephew** [ˈnevjuː], [ˈnefjuː] : *neveu*.

14. **to intend** [ɪnˈtend] : 1. ici, *projeter* ; *avoir l'intention* de 2. *destiner*.

15. **chill** : 1. ici, *frisson* ; 2. *fraîcheur* ; *coup de froid*.

16. **scraped across** : *traversa en l'effleurant*... : c'est la préposition **across** qui décrit l'action (traverser) (cf. p. 27, note 19). ▶ Attention : ne pas confondre **to scrape** [skreɪp] prét. et p.p. **scraped**, *effleurer, gratter* avec **to scrap** [skræp], prét., p.p. **scrapped**, *se débarrasser, envoyer à la ferraille*.

17. **spine** [spaɪn] : 1. ici, *colonne vertébrale* ; *épine dorsale* ; 2. *épine*.

EXECUTE.

The CPU was humming louder than any he had ever heard on the occasions when he had window-shopped[1] word processors; it was, in fact, almost roaring. *What's in the memory-box, Jon? he wondered. Bed springs[2]? Train transformers all in a row[3]? Soup cans?*

He thought again of Jon's eyes, of his still[4] and delicate face. Was it strange, maybe even sick[5], to be jealous of another man's son?

But he should have been mine. I knew it... and I think he knew it, too. And then there was Belinda, Roger's wife. Belinda who wore sunglasses too often on cloudy days[6]. The big ones, because those bruises[7] around the eyes have a nasty[8] way of spreading[9]. But he looked at her sometimes, sitting there still and watchful[10] in the loud umbrella[11] of Roger's laughter[12], and he thought almost the exact same thing: *She should have been mine.*

It was a terrifying thought, because they had both known Belinda in high school and had both dated[13] her. He and Roger had been two years apart[14] in age and Belinda had been perfectly between them, a year older than Richard and a year younger than Roger. Richard had actually been the first to date the girl who would grow up[15] to become Jon's mother.

---

1. **to window-shop** : *faire du lèche-vitrine.*

2. **bed-springs** : *ressorts de sommier.*

3. **row** [rəʊ] : 1. ici, *rang, rangée, rue* (GB) ; 2. *promenade en bateau.*
▶ Attention : ce terme correspond à deux noms différents ; ne pas confondre avec **row** [raʊ], 1. *dispute* ; 2. *vacarme, tapage.*

4. **still** : adj 1. ici, *calme, silencieux, tranquille* ; 2. *immobile* ; **still water**, *eau plate* (opposée à gazeuse).

5. **sick** : 1. ici, *malsain, maladif* ; 2. autrement, **to be sick**, *avoir mal au cœur* ; *en avoir assez/marre.* Ne pas confondre avec **to be ill**, *être malade.*

6. **sun-glasses on cloudy days** : *des lunettes de soleil par temps couvert* (m. à m. *les jours nuageux*).

7. **bruises** : ['bruːzɪz] : *bleus, ecchymoses* ; **to bruise** [bruːz] : *contusionner, faire des bleus* ; *écraser, piler.*

8. **nasty** : adj 1. ici, *vilaine* (à propos d'une blessure) ; 2. *méchant, mauvais* ; 3. *désagréable.*

EXÉCUTER

L'unité centrale bourdonnait plus fort que tout ce qu'il avait jamais entendu lors des occasions où il faisait du lèche-vitrine pour des ordinateurs ; en fait, il vrombissait presque. *Qu'est-ce qu'il y a dans la mémoire de l'engin, Jon ? se demandait-il. Des ressorts de sommier ? Des rangées de transformateurs électriques pour trains ? Des boîtes de conserve de soupe ?*

Il pensa à nouveau aux yeux de Jon, à son visage calme et délicat. Était-ce étrange, peut-être même maladif, d'être jaloux du fils d'un autre homme ?

Mais il aurait dû être le mien. Je le savais... et je pense qu'il le savait aussi. Et puis il y avait Belinda, la femme de Roger. Belinda qui portait des lunettes de soleil trop souvent par temps couvert. Les grandes, parce que les bleus autour des yeux ont une vilaine façon de s'étendre. Mais il la regardait parfois, assise là calme et attentive sous le rire sonore de Roger, et il pensait presque exactement la même chose. *Elle aurait dû être mienne.*

C'était une pensée terrifiante, parce qu'ils avaient tous les deux connu Belinda au lycée. Lui et Roger avaient deux ans d'écart et Belinda était parfaitement entre eux deux, un an de plus que Richard et un an de moins que Roger. Richard avait en fait été le premier à sortir avec la fille qui allait grandir et devenir la mère de Jon.

---

9. **way of spreading** : *façon de s'étendre* ; **to spread** prét., p.p. (**spread, spread**) : *s'étaler* ; *se répandre, se propager, se déployer.*

10. **watchful** : *attentive-ve, vigilant-e.*

11. **umbrella** : 1. ici, *l'écran, le rideau*, c-à-d. ce qui isole Belinda ; 2. plus fréquemment, *parapluie, ombrelle.*

12. **laughter** : **le rire** ; **a burst of laughter**, *un éclat de rire.* ▶ Attention à la prononciation : US [ˈlæftər], GB [ˈlɑːftər].

13. **to date** [deɪt] : 1. ici, usage US, *sortir avec qqn* (au sens d'un rendez-vous galant) = **to go out with**, d'où **a date** : a. *un(e) ami(e)* ou b. *un rendez-vous* ; 2. **to date** peut signifier *dater* (une lettre) ou *dater* (être démodé).

14. **apart** : 1. ici, *séparé, d'intervalle, de différence*, d'où, ici, *deux ans d'écart* ; 2. *en pièces, en morceaux.*

15. **to grow up** prét., p.p. (**grew, grown**) : 1. ici, *grandir*, devenir adulte ; 2. *naître, se développer* ; **a grown-up**, *adulte.*

Then Roger had stepped in[1], Roger who was older and bigger, Roger who always got what he wanted, Roger who would hurt[2] you if you tried to stand in his way[3].

I got scared. I got scared[4] and I let her get away. Was it as simple as that? Dear God help me, I think it was. I'd like to have it a different way, but perhaps it's best not to lie to yourself about such things as cowardice[5]. And shame.

And if those things were true—if Lina and Seth had somehow belonged with[6] his no-good of a brother[7] and if Belinda and Jon had somehow belonged with him, what did that prove[8]? And exactly how was a thinking person[9] supposed to deal with[10] such an absurdly balanced[11] screw-up[12]? Did you laugh? Did you scream? Did you shoot yourself[13] for a yellow dog[14]?

Wouldn't surprise me if it worked. Wouldn't surprise me at all.

EXECUTE.

His fingers moved swiftly[15] over the keys. He looked at the screen and saw these letters floating[16] green on the surface of the screen:

MY BROTHER WAS A WORTHLESS[17] DRUNK.

They floated there and Richard suddenly thought of a toy he had had when he was a kid. It was called a Magic Eight-Ball[18].

---

1. **to step in** : *entrer*, (ici *était entré en scène*), *intervenir*.

2. **to hurt** : *blesser, faire mal*.

3. **to stand in his way** : *se mettre sur son chemin*.

4. **to scare** [skeəʳ] : prét., p.p. **scared**, *faire peur, effrayer*. ▶ Attention : ne pas confondre avec **to scar** [skɑːʳ], prét., p.p. **scarred**, *laisser une cicatrice, marquer*.

5. **cowardice** : *lâcheté*.

6. **to belong with** : noter la différence entre **to belong with** ici, qui veut dire *aller avec* et **to belong to** qui veut dire *appartenir* ; autre sens : *être à la place*.

7. **no-good of a brother** : *son bon à rien de frère*.

8. **to prove** [pruːv] : 1. ici, *prouver, démontrer* ; 2. *s'avérer, se révéler*.

9. **a thinking person** : *une personne rationnelle, qui réfléchit*.

10. **to deal with** : 1. ici, *traiter* ; 2. *s'occuper de* ; par ailleurs **to deal** (prét., p.p. **dealt, dealt**) *distribuer, revendre*.

Puis Roger était entré en scène, Roger qui était plus âgé et plus fort, Roger qui obtenait toujours ce qu'il voulait, Roger qui vous blesserait si vous tentiez de vous mettre sur son chemin.

J'ai eu peur. J'ai eu peur et je l'ai laissée s'en aller. Était-ce aussi simple que cela ? Cher Dieu aidez-moi, je pense que ça l'était. J'aimerais qu'il en soit autrement, mais peut-être le mieux est-il de ne pas se mentir à soi-même à propos de choses telles que la lâcheté. Et la honte.

Et si ces choses étaient vraies – si Lina et Seth étaient allés d'une manière ou d'une autre avec son bon à rien de frère et si Belinda et Jon étaient allés d'une manière ou d'une autre avec lui, qu'est-ce que cela aurait prouvé ? Et comment exactement une personne douée de raison était-elle censée traiter un merdier si absurdement équilibré ? Est-ce qu'on riait ? Est-ce qu'on criait ? Est-ce qu'on se suicidait à cause d'un salopard ?

Cela ne me surprendrait pas si ça marchait. Ne me surprendrait pas du tout.

EXÉCUTER.

Ses doigts se déplacèrent rapidement sur les touches. Il regarda l'écran et vit ces lettres vertes flottant à la surface de l'écran :

MON FRÈRE ÉTAIT UN IVROGNE BON À RIEN.

Elles flottaient là et Richard pensa soudain à un jouet qu'il avait eu quand il était enfant. Ça se nommait une Boule Magique Numéro Huit.

---

11. **balanced** : *équilibré* ; **balance**, *équilibre* ; **to balance** *équilibrer* ; *faire contrepoids, se maintenir en équilibre.*

12. **screw up** [skruː ʌp] : (fam.) *foutoir, merdier* ; **to screw up** (fam.) *foutre en l'air, angoisser, faire perdre les moyens* ; *merder, échouer* ; *foirer.*

13. **to shoot oneself** : m. à m. *tirer sur soi-même*, donc *se suicider* ; **to shoot**, ici *tirer un coup de feu, blesser, abattre* (par balle) ; par ailleurs : *tourner* (film).

14. **yellow dog** : ici, argot, *salopard* ; *nullité* ; (**yellow**, *trouillard*).

15. **swiftly** : *rapidement*, adv. formé sur **swift**, *rapide*.

16. **to float** [fləʊt] : *flotter.*

17. **worthless** : 1. ici, *bon à rien* ; 2. *sans valeur.*

18. **Magic Eight-Ball** : jeu développé par la firme **Mattel**, qui propose des réponses aux questions posées du type « c'est presque certain », ou « redemandez plus tard » (**ASK AGAIN LATER**).

You asked it a question that could be answered yes or no and then you turned the Magic Eight-Ball over to see what it had to say on the subject—its phony[1] yet somehow entrancingly[2] mysterious responses included such things as IT IS ALMOST CERTAIN, I WOULD NOT PLAN ON[3] IT, and ASK AGAIN LATER.

Roger had been jealous of that toy, and finally, after bullying[4] Richard into giving it to him one day, Roger had thrown it onto the sidewalk[5] as hard[6] as he could, breaking it. Then he had laughed. Sitting here now, listening to the strangely choppy[7] roar from the CPU cabinet[8] Jon had jury-rigged[9], Richard remembered how he had collapsed[10] to the sidewalk, weeping, unable to believe his brother had done such a thing.

"Bawl[11]-baby, bawl-baby, look at the baby bawl," Roger had taunted[12] him. "It wasn't nothing but a cheap[13], shitty[14] toy anyway[15], Richie. Lookit[16] there, nothing in it but a bunch[17] of little signs[18] and a lot of water."

"I'M TELLING[19]!" Richard had shrieked[20] at the top of his lungs[21]. His head felt hot. His sinuses[22] were stuffed shut with tears of outrage. "I'M TELLING ON YOU, ROGER! I'M TELLING MOM!"

---

1. **phony** (ou **phoney**) : *faux-fausse, bidon* ; **a phoney**, un *imposteur*.
2. **entrancingly** : *de façon séduisante*.
3. **to plan on** : 1. ici, *compter sur* ; 2. *projeter*.
4. **to bully ... into giving it** : *brutaliser* (Richard) *pour lui faire donner* (le jouet) ; **to bully**, *malmener, intimider, tyranniser* ; **a bully**, *une brute*.
5. **sidewalk** : (US) *trottoir*.
6. **hard** : ici adv., *violemment*.
7. **choppy** : *agité, clapotant*.
8. **CPU cabinet** : *meuble de l'unité centrale de traitement* (**Central Processing Unit**).
9. **jury-rigged** ['dʒʊərɪrɪgd] : image empruntée au vocabulaire nautique, m. à m. *un gréement de fortune*, ici donc *un appareil construit de bric et de broc*.
10. **to collapse** : *s'effondrer, s'écrouler*.

Vous lui posiez une question qui pouvait avoir comme réponse oui ou non, et alors vous retourniez la Boule Magique Numéro Huit pour voir ce qu'elle avait à dire sur le sujet – ses réponses bidon mais cependant, on ne sait pas pourquoi, mystérieusement séduisantes, incluaient des choses telles que C'EST PRESQUE CERTAIN, JE NE COMPTERAIS PAS DESSUS, et REDEMANDEZ PLUS TARD.

Roger avait été jaloux de ce jouet, et finalement après avoir brutalisé Richard pour qu'il le lui donne, Roger l'avait cassé en le jetant sur le trottoir aussi violemment qu'il le pouvait. Puis il avait ri.

Assis là désormais, écoutant le vrombissement étrangement agité provenant de l'unité centrale que Jon avait construite de bric et de broc, Richard se remémora comment il s'était effondré sur le trottoir, pleurant et incapable de croire que son frère avait fait une chose pareille.

— Braille bébé, braille bébé, regardez le bébé brailler, avait persiflé Roger. Ce n'était de toute façon rien d'autre qu'un jouet merdique bon marché, Richie. Regarde-le là, rien qu'un tas de petits signes et beaucoup d'eau.

— JE VAIS LE DIRE ! avait hurlé Richard à pleins poumons. (Sa tête était brûlante. Ses sinus étaient remplis et bouchés de larmes outragées.) JE VAIS TE DÉNONCER, ROGER ! JE VAIS TE DÉNONCER À MAMAN !

---

11. **to bawl** [bɔːl] : *brailler* ; **to bawl out**, *passer un savon* (à qqn).
12. **to taunt** [tɔːnt] : *railler, persifler* ; n. **taunt**, *raillerie, sarcasme*.
13. **cheap** : *bon marché* ; *de mauvaise qualité*.
14. **shitty** : (fam.) 1. ici, *merdique, nul* ; 2. *dégueulasse* ; 3. *mal foutu*.
15. **anyway** : *de toute façon*.
16. **lookit** : abrév. de **look at it**.
17. **bunch** : 1. ici, *un tas* ; 2. *bouquet, botte, régime* (bananes) ; 3. *bande*.
18. **signs** [saɪnz] : 1. ici, *signes* ; 2. *geste* ; 3. *panneau* ; 4. *indice*.
19. **to tell on** : 1. ici, *dénoncer* ; 2. *produire un effet sur*.
20. **to shriek** [ʃriːk] : *hurler, crier*.
21. **lung** : *poumon*.
22. **sinus** [ˈsaɪnəs], **sinuses** [ˈsaɪnəsɪz] : *sinus*.

"You tell and I'll break your arm," Roger said, and in his chilling grin[1] Richard had seen he meant[2] it. He had not told.

MY BROTHER WAS A WORTHLESS DRUNK[3].

Well, weirdly[4] put together or not, it screen-printed. Whether[5] it would store information[6] in the CPU still remained to be seen, but Jon's mating[7] of a Wang board to an IBM screen had actually worked. Just coincidentally it called up[8] some pretty[9] crappy memories[10], but he didn't suppose that was Jon's fault.

He looked around his office, and his eyes happened to fix on[11] the one picture in here that he hadn't picked and didn't like. It was a studio portrait of Lina, her Christmas present to him two years ago. *I want you to hang it in your study*, she'd said, and so of course he had done just that. It was, he supposed, her way of keeping an eye on him even when she wasn't here. *Don't forget me, Richard. I'm here. Maybe I backed the wrong horse*[12], *but I'm still here. And you better*[13] *remember it.*

The studio portrait with its unnatural tints[14] went oddly[15] with the amiable[16] mixture of prints by Whistler[17], Homer[18], and N.C. Wyeth[19].

---

1. **chilling grin** : *sourire qui donne le frisson, sourire glacial.*

2. **to mean**, prét., p. p. **meant, meant** : 1. ici, *avoir l'intention de, vouloir*; 2. *signifier.*

3. **drunk** : *ivrogne, pochard, poivrot.*

4. **weirdly** : *bizarrement*; **weird**, *bizarre, surnaturel.*

5. **whether** : conjonction évoquant une alternative : *que... (oui ou non), si ... (oui ou non).*

6. **to store information** : *stocker de l'information.*

7. **to mate** [meɪt] : *accoupler; s'accoupler.*

8. **to call up** : 1. ici, *rappeler, évoquer, faire venir à l'esprit*; 2. *convoquer.*

9. **pretty** : ici adverbe, *assez.*

10. **crappy memories** : (fam.) *des mauvais souvenirs*, ou plus familièrement, *des souvenirs merdiques.*

11. **to fix on** : 1. ici, *se fixer sur*; 2. autre sens : *réparer; mettre au point; décider; truquer*; (**slang**) *casser la figure.*

12. **to back the wrong horse** : *parier sur le mauvais cheval.*

13. **you better** : = **you'd better**, *tu ferais mieux de*, toujours suivi de l'infinitif sans **to**.

42

— Tu me dénonces et je te casserai le bras, dit Roger, et devant son sourire glacial Richard avait vu qu'il en avait l'intention.

Il n'avait pas parlé.

MON FRÈRE ÉTAIT UN IVROGNE BON À RIEN.

Bien, bizarrement assemblé ou non, la phrase s'affichait à l'écran. Qu'il stocke de l'information dans l'unité centrale restait à voir, mais le couplage d'un clavier Wang à un écran IBM avait réellement fonctionné. Incidemment, ça lui rappelait d'assez mauvais souvenirs, mais il ne supposa pas que c'était de la faute de Jon.

Il parcourut des yeux son bureau, et il se trouva qu'ils se fixèrent sur l'unique image qu'il n'avait pas choisie et qu'il n'aimait pas. C'était un portrait photographique de Lina, le cadeau de Noël qu'elle lui avait offert deux ans auparavant. *Je veux,* avait-elle dit, *que tu l'accroches dans ton bureau*, et donc, bien sûr, c'est ce qu'il avait fait. C'était, supposait-il, sa façon de garder un œil sur lui même quand elle n'était pas là. *Ne m'oublie pas Richard. Je suis ici. J'ai peut-être misé sur le mauvais cheval, mais je suis toujours là. Et tu ferais mieux de t'en souvenir.*

Le portrait photographique avec ses teintes artificielles jurait curieusement avec l'aimable mélange de gravures de Whistler, Homer et N.C. Wyeth.

---

14. **tint** : 1. ici, *teinte*; *nuance*; 2. *shampooing colorant*; **tinted lenses**, *verres teintés*.

15. **oddly** : *curieusement, bizarrement*.

16. **amiable** ['eɪmɪəbl] : *aimable*; *gentil*.

17. **James Abbott McNeill Whistler** (1834-1903) : peintre américain, venu étudier à Paris, il rencontra les peintres Courbet, Degas, Manet; fixé à Londres il réalisa des portraits et des paysages (influencés par les Impressionnistes) que l'on peut voir à la Tate Gallery à Londres et au musée d'Orsay à Paris.

18. **Winslow Homer** (1836-1910) peintre et lithographe américain, né à Boston. Il a peint d'abord des scènes de combat de la guerre civile américaine; puis des scènes de la campagne. Ses tableaux de la vie maritime sont les plus connus.

19. **N.C. Wyeth** (1882-1945) peintre régionaliste célèbre pour ses scènes rurales réalistes.

Lina's eyes were half-lidded[1], the heavy Cupid's[2] bow[3] of her mouth composed[4] in something that was not quite a smile. *Still here*, Richard, her mouth said to him. *And don't you forget it.*

He typed[5]:

MY WIFE'S PHOTOGRAPH HANGS ON THE WEST WALL OF MY STUDY.

He looked at the words and liked them no more than he liked the picture itself. He punched[6] the DELETE[7] button. The words vanished. Now there was nothing at all on the screen but the steadily[8] pulsing[9] cursor.

He looked up at the wall and saw that his wife's picture had also vanished.

He sat there for a very long time—it felt that way, at least—looking at the wall where the picture had been. What finally brought him out[10] of his daze[11] of utter unbelieving[12] shock was the smell from the CPU—a smell he remembered from his childhood as clearly as he remembered the Magic Eight-Ball Roger had broken because it wasn't his. The smell was essence of electric train transformer. When you smelled that you were supposed[13] to turn the thing off[14] so it could cool down[15].

And so he would.

In a minute.

---

1. **half-lidded eyes** : *les yeux à moitié recouverts de leurs paupières*. **lid** : 1. ici, = **eyelid**, *paupière* ; 2. *couvercle*.

2. **Cupid's bow** : *bouche en forme de cœur* ; **Cupid**, *Cupidon*, dieu de l'amour, fils de Vénus.

3. **bow** : attention, deux sens et deux prononciation pour un même mot : 1. ici, **bow** [bəʊ] , *arc* ; *archet* ; d'où l'image m. à m. *bouche en arc.* ; 2. **bow** [baʊ] *salut*, *révérence* ; *proue* (bateau).

4. **composed** [kəm'pəʊzd] : *composée*.

5. **to type** [taɪp] : *taper à la machine*.

6. **to punch** : 1. ici, *appuyer sur* ; 2. *poinçonner* ; *composter* ; 3. *donner un coup de poing*.

Les yeux de Lina étaient à moitié recouverts de leurs paupières, sa lourde bouche en forme de cœur composée en quelque chose qui n'était pas tout à fait un sourire. *Toujours là, Richard,* lui disait sa bouche. *Et ne l'oublie pas.*

Il tapa sur la machine.

LA PHOTO DE MA FEMME EST ACCROCHÉE SUR LE MUR OUEST DE MON BUREAU.

Il regarda ces mots et ne les aima pas plus qu'il n'aimait le portrait lui-même. Il appuya sur le bouton EFFACER. Les mots disparurent. Maintenant il n'y avait plus rien sur l'écran hors le curseur qui vibrait régulièrement.

Il leva les yeux vers le mur et vit que le portrait de sa femme avait également disparu. Il resta assis là pendant un long moment – du moins en eut-il l'impression – en regardant le mur où s'était trouvé le portrait. Ce qui en fin de compte le tira de l'ahurissement provoqué par le choc d'une totale incrédulité fut l'odeur venant de l'unité centrale – une odeur de son enfance dont il se souvenait aussi clairement qu'il se souvenait de la Boule Magique Numéro Huit que Roger avait brisée parce qu'elle n'était pas à lui. L'odeur provenait du transformateur du train électrique. Quand vous sentiez cela vous étiez censé éteindre la chose pour qu'elle puisse refroidir.

Et il allait le faire.

Dans une minute.

---

7. **to delete** [dɪˈliːt] : *supprimer ; effacer ; biffer.*
8. **steadily** : *régulièrement.*
9. **pulsing : to pulse** : ici, *vibrer ; battre* (cœur).
10. **to bring out** : 1. ici, *sortir ;* 2. *faire ressortir.*
11. **daze** [deɪz] : *étourdissement, ahurissement.*
12. **unbelieving** [ʌnbɪˈliːvɪŋ] : *incrédule.*
13. **to be supposed** : *être censé.*
14. **to turn off** : *éteindre.*
15. **to cool down** : 1. ici, *refroidir ;* 2. *se calmer, s'apaiser.*

He got up and walked over to the wall on legs which felt numb[1]. He ran his fingers over[2] the Armstrong paneling[3]. The picture had been here, yes, *right here*. But it was gone now, and the hook[4] it had hung on[5] was gone, and there was no hole where he had screwed[6] the hook into the paneling.

Gone.

The world abruptly went gray and he staggered backwards[7], thinking dimly[8] that he was going to faint[9]. He held on grimly[10] until the world swam back into focus[11].

He looked from the blank[12] place on the wall where Lina's picture had been to the word processor his dead nephew had cobbled together[13].

You might be surprised, he heard Nordhoff saying in his mind. *You might be surprised, you might be surprised, oh yes, if some kid in the fifties[14] could discover particles[15] that travel backwards through time, you might be surprised what your genius of a nephew could do with a bunch of discarded word processor elements and some wires and electrical components[16]. You might be so surprised that you'll feel as if you're going insane[17].*

---

1. **numb** [nʌm] : *engourdi, paralysé*, notez que le **b** de **numb** est muet (ne se prononce pas).

2. **to run over** : 1. ici, *passer sur* ; 2. *renverser* ; 3. *déborder*.

3. **Armstrong paneling** : *Lambris* Armstrong. Créé au milieu du XIXᵉ siècle par **Thomas Armstrong**, fils d'un immigrant irlandais, pour fabriquer des *bouchons* **corks**), **Armstrong Products** est devenu, quelques décennies plus tard, une des premières sociétés au monde spécialisée dans la fabrication de matériaux d'habitation, *parquet en bois* (**wood flooring**), *lambris* (**paneling**), *tapis* (**carpets**), etc.

4. **hook** : 1. ici, *crochet* ; 2. *patère, agrafe* ; 3. *hameçon*.

5. **to hang on** prét., p. p. (**hung, hung**) : 1. ici, *accrocher, suspendre* ; 2. *se tenir, attacher* ; 3. *résister*.

6. **to screw** [skruː] : 1. ici, *visser* ; 2. *froisser, chiffonner* ; 3. *arracher* ; 4. (vulg.) *baiser* (sexe) ; 5. *arnaquer*.

Il se leva et marcha jusqu'au mur sur des jambes qu'il sentait paralysées. Il passa ses doigts sur le lambris Armstrong. La photo avait été ici, *ici même*. Mais elle était partie, ainsi que le crochet où elle était suspendue et il n'y avait pas le trou où il avait vissé le crochet dans le lambris.

Partie.

Le monde devint brusquement gris et il recula en titubant, pensant vaguement qu'il allait s'évanouir. Il tint le coup fermement jusqu'à ce que le monde extérieur soit redevenu net.

Son regard alla de l'endroit vide sur le mur où se trouvait le portrait de Lina jusqu'à l'ordinateur que son défunt neveu avait concocté.

Il entendait dans son esprit Nordhoff dire : *Vous pourriez être surpris. Vous pourriez être surpris, vous pourriez être surpris, oh oui, si un certain gamin dans les années cinquante avait pu découvrir des particules qui remontaient le temps, vous pourriez être surpris de ce que votre génie de neveu pouvait faire avec un tas d'éléments d'un ordinateur au rebut et des fils et des composants électriques. Vous pourriez être si surpris que vous aurez l'impression de devenir fou.*

---

7. **to stagger backwards** : *reculer en titubant* ; c'est l'adverbe, **backwards**, *en arrière*, qui décrit l'action principale, *reculer*, et le verbe **to stagger**, *tituber*, la façon dont l'action s'opère.

8. **dimly** : 1. ici, *vaguement* ; 2. *faiblement, à peine*.

9. **to faint** [feɪnt] : *s'évanouir* ; **a faint**, *un évanouissement, une syncope*.

10. **grimly** : 1. ici, *fermement* ; 2. *d'un air mécontent, menaçant*.

11. **until the world swam back into focus** : *jusqu'à ce que le monde extérieur soit redevenu net* ; **to bring into focus**, *mettre l'image au point*.

12. **blank** : 1. ici, *vierge, vide* ; 2. *sans expression* (visage).

13. **to cobble** [ˈkɒbl] **together** : *bricoler, concocter*.

14. **the fifties** : *les années cinquante*.

15. **particles** [ˈpɑːrtɪklz] : 1. ici, *particules* (physique) ; 2. *parcelle, grain*.

16. **component** [kəmˈpəʊnənt] : *composant* ; *pièce*.

17. **insane** [ɪnˈseɪn] : *fou, dément*.

The transformer smell was richer, stronger now, and he could see wisps[1] of smoke rising from the vents[2] in the screen housing[3]. The noise from the CPU was louder, too. It was time to turn it off—smart as Jon had been, he apparently hadn't had time to work out[4] all the bug[5] in the crazy thing.

But had he known it would do this?

Feeling like[6] a figment[7] of his own imagination, Richard sat down in front of the screen again and typed:

MY WIFE'S PICTURE IS ON THE WALL.

He looked at this for a moment, looked back at the keyboard, and then hit the EXECUTE[8] key[9].

He looked at the wall.

Lina's picture was back[10], right[11] where it had always been.

"Jesus[12]," he whispered. "Jesus Christ."

He rubbed[13] a hand up his cheek, looked at the keyboard (blank again now except for the cursor[14]), and then typed:

MY FLOOR IS BARE[15].

He then touched[16] the INSERT[17] button and typed:

EXCEPT FOR TWELVE TWENTY-DOLLAR GOLD PIECES[18] IN A SMALL COTTON SACK.

He pressed EXECUTE.

---

1. **wisp** : 1. ici, *ruban* (de fumée) ; 2. *trace* ; 3. *brin, mèche*.
2. **vent** : 1. ici, *fente, conduit d'aération, trou* ; 2. cheminée (volcan).
3. **housing** : *boîtier, encadrement*.
4. **to work out** : 1. ici, *trouver* ; 2. *mettre au point, déchiffrer*.
5. **bug** : 1. ici, *aberration, bogue, bug*.
6. **to feel** : 1. ici, *ressentir, éprouver* ; 2. *penser, estimer* ; dans un autre contexte **to feel like** signifie *avoir envie de*.
7. **figment** : *un produit, une création* (de son imagination).
8. **to execute** ['eksɪkjuːt] : *exécuter*.
9. **key** [kiː] : n. 1. ici, *touche* ; 2. *clé* ; 3. *ton* (musique) ; 4. *corrigé, réponse* ; adj. *clé*, **a key issue**, *un problème clé*.
10. **to be back** : *être de retour*.
11. **right** : ici, adverbe = *juste, exactement*.

48

L'odeur du transformateur était maintenant plus riche et plus forte, et il pouvait voir de minces volutes de fumée s'élevant des fentes de l'écran. Le bruit de l'unité centrale était plus fort, aussi. Il était temps de l'éteindre – aussi astucieux qu'ait pu être Jon, il n'avait apparemment pas eu le temps de trouver tous les bugs de cet engin fou.

Mais avait-il su qu'il pouvait faire cela ?

Ayant l'impression d'être un produit de sa propre imagination, Richard s'assit à nouveau devant l'écran et tapa :

LE PORTRAIT DE MA FEMME EST SUR LE MUR.

Il regarda ceci pendant un moment, reposa son regard sur le clavier, et ensuite pressa la touche EXÉCUTER.

Il regarda le mur.

Le portrait de Lina était de retour, exactement où il avait toujours été.

— Mon Dieu, murmura-t-il. Nom de Dieu.

Il se frotta une joue de la main, regarda le clavier (vide à nouveau à part le curseur), puis tapa :

MON PARQUET EST VIDE.

Puis il effleura le bouton INSERTION et tapa :

EXCEPTÉ DOUZE PIÈCES D'OR DE VINGT DOLLARS DANS UN PETIT SAC DE COTON.

Il pressa EXÉCUTER.

---

12. **Jesus** ['dʒiːzəs] : exclamation exprimant la surprise.

13. **to rub** : 1. ici, *frotter* ; 2. *astiquer*.

14. **cursor** : ['kɜːʳsəʳ].

15. **bare** [beəʳ] : 1. ici, *vide* ; 2. *nu, dénudé* ; 3. *dépouillé*.

16. **to touch** [tʌtʃ] : 1. ici, *toucher, effleurer* ; 2. *jouxter, être limitrophe* ; 3. *émouvoir, concerner*.

17. **to insert** [ɪn'sɜːʳt] : *introduire, insérer*. ▶ Attention : le substantif **insert**, *insertion, encart*, se prononce ['ɪnsɜːʳt], accent tonique sur la première syllabe.

18. **piece** [piːs], pl. **pieces** [piːsɪz] : 1. ici, *pièce (d'or)* ; 2. *morceau, bout* ; 3. *pion* (jeu de dame) ; 4. *morceau* (musique).

He looked at the floor, where there was now a small white cotton sack with a drawstring[1] top. WELLS FARGO[2] was stenciled[3] on the bag in faded[4] black ink.

"Dear Jesus," he heard himself saying in a voice that wasn't his.

"Dear Jesus, dear good Jesus."

He might have gone on invoking the Savior's[5] name for minutes or hours if the word processor had not started beeping[6] at him steadily. Flashing[7] across the top of the screen was the word OVERLOAD[8].

Richard turned off[9] everything in a hurry and left his study as if all the devils of hell [10] were after him.

But before he went he scooped up[11] the small drawstring sack and put it in his pants[12] pocket.

When he called Nordhoff that evening, a cold November wind was playing tuneless[13] bagpipes[14] in the trees outside. Seth's group was downstairs, murdering[15] a Bob Seger[16] tune. Lina was out at Our Lady of Perpetual Sorrows[17], playing bingo[18].

"Does the machine work?" Nordhoff asked.

"It works, all right," Richard said. He reached into his pocket and brought out a coin[19].

---

1. **drawstring** : *cordon*.
2. **Wells Fargo** : compagnie de transport par diligences fondée en 1852 par **Henry Wells** et **William Fargo** pour desservir l'ouest de l'Amérique à l'époque de la « ruée vers l'or ». En dehors du transport de biens précieux et d'or, Wells Fargo offrait un service de banque avec achat et vente d'or.
3. **stenciled** : *dessiné au pochoir* ; remarque : un seul l en anglais US et **stencilled**, deux l en anglais GB.
4. **faded** ['feɪdɪd] : 1. ici, *décoloré(e), déteint(e)* ; 2. *délavé* ; *fané* ; *flétri* ; *défraîchi*.
5. **savior** ['seɪvjər] : *sauveur* ; notez ici l'orthographe US ; GB **saviour**.
6. **to beep** : 1. ici, *faire bip, sonner* ; 2. *klaxonner*.
7. **to flash** : 1. ici, *clignoter* ; 2. *briller, lancer des éclats* ; 3. *filer comme l'éclair*.
8. **overload** ['əʊvərləʊd] : *surcharge*.
9. **to turn off** : 1. ici, *éteindre* ; 2. *s'éteindre* ; 3. *tourner* (*quitter une route*).
10. **devils of hell** : *les démons de l'enfer*.
11. **to scoop up** : 1. ici, *ramasser, prendre dans ses mains* ; 2. *entasser*.

Il regarda le plancher, où il y avait maintenant un petit sac de coton blanc avec un cordon sur le dessus. WELLS FARGO était dessiné sur le sac d'une encre noire passée.

— Cher Jésus, s'entendit-il dire d'une voix qui n'était pas la sienne. Cher Jésus, cher bon Jésus.

Il aurait pu continuer à invoquer le nom du Sauveur pendant des minutes et des heures si l'ordinateur n'avait pas commencé à lui faire bip sans interruption. Clignotant en travers de l'écran, s'inscrivait le mot SURCHARGE.

Richard s'empressa de tout éteindre et quitta son bureau comme si tous les démons de l'enfer le poursuivaient.

Mais, avant de partir, il ramassa le petit sac à cordon et le mit dans la poche de son pantalon.

Quand il appela Nordhoff ce soir-là, un vent froid de novembre jouait dans les arbres au-dehors une musique de cornemuse peu mélodieuse. Le groupe de Seth était au rez-de-chaussée massacrant un air de Bob Seger. Lina était partie jouer au loto à la salle paroissiale Notre-Dame du Chagrin perpétuel.

— Est-ce que la machine fonctionne ? demanda Nordhoff.

— Elle marche très bien, dit Richard.

Il mit la main à sa poche et en sortit une pièce.

---

12. **pants** : 1. ici, US *pantalon* ; 2. GB *slip, culotte*.

13. **tuneless** : *discordant, peu mélodieux*

14. **bagpipes** : *cornemuse*.

15. **to murder** : 1. *massacrer* ; 2. ici, *assassiner* (au sens figuré, un texte, un morceau de musique).

16. **Bob Seger** (**Robert Clark**) : né en 1945, un des musiciens de **rock and roll** et de musique **pop** marquant des années 1970-1980.

17. **Our Lady of Perpetual Sorrow** : m. à m. *Dame du chagrin perpétuel = La Vierge Marie* ; ici nom d'une salle paroissiale, servant de salle de jeu.

18. **bingo** : sorte de jeu de loto très populaire dans les pays anglo-saxons ; le mot désigne également la réunion qui rassemble les joueurs dans une salle ; utilisé comme interjection, **bingo!** peut se traduire par *gagné ! dans le mille !*

19. **coin** [kɔɪn] : *pièce* (de monnaie).

It was heavy—heavier than a Rolex watch. An eagle's[1] stern[2] profile[3] was embossed on one side, along with the date 1871. "It works in ways you wouldn't believe."

"I might," Nordhoff said evenly[4]. "He was a very bright boy, and he loved you very much, Mr. Hagstrom. But be careful. A boy is only a boy, bright or otherwise, and love can be misdirected[5]. Do you take my meaning[6]?"

Richard didn't take his meaning at all. He felt hot and feverish. That day's paper had listed[7] the current[8] market price of gold at $514 an ounce. The coins had weighed out[9] at an average of 4.5 ounces each on his postal scale[10]. At the current market rate that added up to $27,756. And he guessed that was perhaps only a quarter of what he could realize[11] for those coins if he sold them as coins.

"Mr. Nordhoff, could you come over here? Now? Tonight?"

"No," Nordhoff said. "No, I don't think I want to do that, Mr. Hagstrom. I think this ought to[12] stay between you and Jon."

"But—"

"Just remember[13] what[14] I said. For Christ's sake[15], be careful[16]." There was a small click[17] and Nordhoff was gone.

He found himself out in his study again half an hour later, looking at the word processor.

---

1. **eagle** ['iːgl] : *aigle*.
2. **stern** : 1. ici, *dur, sévère* ; 2. *austère, rigoureux* ; 3. *solide, robuste*.
3. **profile** ['prəʊfaɪl] : 1. ici, *profil* ; 2. *portrait*.
4. **evenly** : 1. ici, *calmement* ; 2. *également*.
5. **misdirected** : 1. ici, *mal orienté* ; 2. *mal renseigné, mal adressé* (lettre).
6. **Do you take my meaning ?** : *Vous voyez ce que je veux dire ?*
7. **to list** : 1. ici, *dresser une liste* ; 2. *classer*.
8. **current** ['kʌrənt] : 1. ici, *en cours, actuel* ; 2. *courant*.
9. **to weigh out** : *peser*.
10. **postal scale** : (US) *pèse-lettre* ; plus généralement on emploiera **scales**, *balance*, collectif pluriel.
11. **to realize** ['rɪəlaɪz] **realise** (GB) : 1. *réaliser*, au sens de *convertir en argent* ; 2. plus fréquent : *se rendre compte*.
12. **this ought to...** : = *ceci devrait...* **ought to**, forme conditionnelle, indique une obligation morale plus marquée que l'auxiliaire **should**.

Elle était lourde – plus lourde qu'une montre Rolex. Le profil sévère d'un aigle apparaissait en relief d'un côté, accompagné de la date 1871.

— Elle marche d'une façon que vous ne croiriez pas.

— Je pourrais, dit calmement Nordhoff. C'était un garçon très brillant et il vous aimait beaucoup, monsieur Hagstrom. Mais faites attention. Un gamin est seulement un gamin, brillant ou autrement, et l'amour peut être mal orienté. Vous voyez ce que je veux dire ?

Richard ne comprit pas du tout son message. Il se sentait brûlant et fiévreux. Le journal de ce jour avait donné le cours actuel du marché de l'or à 514 dollars l'once. Les pièces avaient pesé en moyenne 4,5 onces chacune. Selon le taux du marché en cours cela montait jusqu'à 27 756 dollars. Et il pensait que c'était seulement un quart de ce qu'il pouvait tirer de ces pièces s'il les vendait en tant que telles.

— M. Nordhoff, pourriez-vous venir ici ? Maintenant ? Ce soir ?

— Non, dit Nordhoff. Non, je ne pense pas vouloir cela, monsieur Hagstrom. Je pense que ceci devrait rester entre vous et Jon.

— Mais…

— Souvenez-vous juste de ce que j'ai dit. Pour l'amour de Dieu, faites attention.

Il y eut un petit clic et Nordhoff était parti.

Une demi-heure plus tard, il se trouva à nouveau dans son bureau, regardant l'ordinateur.

---

13. **to remember** : 1. ici, *penser, songer à*, ou *se souvenir ; se rappeler* ; 2. *commémorer* ; **a remembrance**, *souvenir, mémoire ; commémoration*. ▶ Attention : ne pas confondre avec **to remind** [rɪˈmaɪnd] *rappeler à* ; **a reminder**, *rappel, pense-bête*.

14. **what** : *ce que* (complément de **remember** et de **I said**).

15. **For Christ's sake!** : *pour l'amour de Dieu !* ; le nom **sake** est principalement employé dans des expressions exprimant qqch. pour : par ex. *le bien, l'amour, le respect*, etc. *de quelqu'un ou quelque chose* : **for the sake of …** *pour …* ; **for your own sake**, *pour votre bien* ; **art for art's sake**, *l'art pour l'art*.

16. **careful** : 1. ici, *prudent*, **be careful!** *faites attention !* 2. *soigneux, consciencieux*.

17. **click** : 1. ici, *clic, petit bruit sec* ; 2. *cliquet* ; **to click** : 1. *faire un bruit sec* ; 2. (fam.) *faire tilt* ; 3. **to click with s.o.** : *s'entendre tout de suite avec qqn, accrocher avec qqn*.

He touched the ON/OFF key but didn't turn it on just yet[1]. The second time Nordhoff said it, Richard had heard it. *For Christ's sake, be careful.* Yes. He would have to[2] be careful. A machine[3] that could do such a thing[4]—

How *could* a machine do such a thing?

He had no idea... but in a way, that made the whole[5] crazy thing easier to accept. He was an English teacher and sometime writer[6], not a technician[7], and he had a long history of not understanding[8] how things worked: phonographs[9], gasoline[10] engines[11], telephones, televisions, the flushing mechanism[12] in his toilet. His life had been a history of understanding operations rather than principles. Was there any difference here, except in degree?

He turned the machine on. As before it said: HAPPY BIRTHDAY, UNCLE RICHARD! JON. He pushed EXECUTE and the message from his nephew disappeared.

This machine is not going to work for long, he thought suddenly.

He felt sure that Jon must[13] have still[14] been working on it when he died, confident[15] that there was time, Uncle Richard's birthday wasn't for three weeks, after all—

---

1. **not ... yet** : 1. adv. ici, dans une phrase négative : *pas encore.*; 2. dans une phrase interrogative = *déjà, toujours* placé en fin de phrase; 3. *encore*, devant un comparatif; 4. locution : **as yet**, *jusqu'ici* ; 5. conjonction, *pourtant*.

2. **to have to** : *devoir*.

3. **machine** [mə'ʃiːn] : *machine, appareil* ; *automate*.

4. **such a thing** : **such**, adverbe exclamatif + **a** + nom : *une telle chose*.

5. **whole** [həʊl] : adj. de quantité, placé après l'article décrit une totalité indivisible, *tout entier-entière*.

6. **sometime writer** : 1. ici, emploi US : *intermittent, épisodique* ; d'où, ici, *un écrivain occasionel* ; 2. (adv.) *un jour, dans le courant de* ; *ancien*, **the sometime chairman of...**, *l'ancien président de...* ▶ Attention : **sometimes**, *parfois, quelques fois*.

7. **technician** [tek'nɪʃən] : *technicien-ienne*.

8. **of not understanding** : 1. ici, nom verbal, suivant la préposition **of** : *le*

Il effleura la touche MARCHE/ARRÊT mais il ne le mit pas encore en route. La seconde fois où Nordhoff le lui avait dit, Richard l'avait entendu. *Pour l'amour de Dieu, soyez prudent.* Oui, il lui faudrait être prudent. Une machine qui pouvait faire une telle chose...

Comment une machine *pouvait*-elle faire une chose pareille ?

Il n'en avait aucune idée... mais dans un sens, ça rendait toute cette folle affaire plus facile à accepter. Il était professeur d'anglais et écrivain à l'occasion, pas un technicien, et ne pas comprendre comment les choses marchaient était chez lui une longue histoire : les électrophones, les moteurs à essence, les téléphones, les télévisions, la chasse d'eau dans ses toilettes. Sa vie avait été une histoire de compréhension des opérations plutôt que de leurs principes. Y avait-il ici une quelconque différence, sauf de degré ?

Il mit la machine en marche. Comme auparavant elle dit : BON ANNIVERSAIRE, ONCLE RICHARD ! JON. Il pressa EXÉCUTER et le message de son neveu disparut.

Cette machine ne va pas marcher longtemps, pensa-t-il soudain.

Il était sûr que Jon travaillait certainement encore sur elle quand il était mort, assuré qu'il avait du temps, l'anniversaire de l'oncle Richard n'était que dans trois semaines, après tout...

---

fait de ne pas comprendre ; 2. autrement, nom : *compréhension, connaissance ; interprétation, conception.*

9. **phonograph** ['fəʊnəɪgrɑːf] : *phonographe, tourne-disque, électrophone* (mis au point par Thomas Alva Edison en 1877).

10. **gasoline** (US) : *essence* (abrégé souvent en **gas**).

11. **engine** ['endʒɪn] : *moteur* (à essence) ; mais **motor**, *moteur électrique.*

12. **flushing mechanism** ['flʌʃɪŋ 'mekənɪzm] : *chasse d'eau* 1. ici, **to flush (the toilet)**, *tirer la chasse d'eau* ; 2. *rougir.*

13. **must** : 1. ici, le verbe défectif **must** n'indique pas l'obligation mais la probabilité : *devait être encore en train de travailler* (sur cette machine).

14. **still** : adv. 1. ici, *encore*, au sens de *toujours* ; 2. *encore* avec un comparatif, **still faster**, *encore plus vite* ; 3. *quand même, cependant*, **it's still better than nothing**, *c'est quand même mieux que rien.*

15. **confident** : *assuré, sûr ; confiant.*

But time had run out[1] for Jon, and so this totally amazing[2] word processor, which could apparently insert new things or delete old things from the real world, smelled like a frying[3] train transformer[4] and started to smoke after a few minutes. Jon hadn't had a chance[5] to perfect it. He had been—

Confident that there was time?

But that was wrong[6]. That was *all* wrong. Richard knew it. Jon's still, watchful[7] face, the sober[8] eyes behind the thick spectacles[9] ... there was no confidence[10] there, no belief in the comforts[11] of time. What was the word that had occurred[12] to him earlier that day? Doomed. It wasn't just a good word for Jon; it was the right[13] word. That sense of doom had hung about[14] the boy so palpably[15] that there had been times when Richard had wanted to hug[16] him, to tell him to lighten up[17] a little bit, that sometimes there were happy endings[18] and the good[19] didn't always die young.

Then he thought of Roger throwing his Magic Eight-Ball at the sidewalk, throwing it just as hard as he could; he heard the plastic splinter[20] and saw the Eight-Ball's magic fluid[21]— just water after all—running down the sidewalk.

---

1. **to run out** : 1. ici, *manquer*; 2. *s'écouler, sortir en courant*; 3. *expirer, venir à expiration*.

2. **amazing** : 1. ici, *incroyable, stupéfiant, ahurissant*; 2. *extraordinaire, sensationnel*.

3. **to fry** [fraɪ] : *griller, frire*.

4. **transformer** : *transformateur*.

5. **chance** : 1. ici, *occasion*; 2. *chance*; 3. *risque*; 4. *hazard*.

6. **that was wrong** : *c'était faux, c'était une erreur*; **to be wrong**, *se tromper*.

7. **watchful** : 1. ici, *attentif*; 2. *vigilant*.

8. **sober** : 1. ici, *sérieux*; 2. *sobre* (pas ivre).

9. **spectacles** ['spektəklz] : *lunettes*.

10. **confidence** : 1. ici, *confiance, assurance*; 2. *confidence*.

11. **comfort** : 1. ici, *réconfort, consolation, soulagement*; 2. *confort, aisance; bien-être; commodités*.

Mais le temps avait manqué à Jon, et ainsi son incroyable machine, qui apparemment pouvait insérer de nouvelles choses ou effacer de vieilles choses du monde réel, sentait comme un transformateur de train électrique et commençait à fumer au bout de quelques minutes. Jon n'avait pas eu l'occasion de le perfectionner. Il avait été...

Confiant qu'il y avait du temps ?

Mais c'était faux. C'était tout faux. Richard le savait. Le visage calme, attentif de Jon, les yeux sérieux derrière les épaisses lunettes... il n'y avait pas d'assurance là, pas de croyance dans le réconfort du temps. Quel était le mot qui lui était venu à l'esprit plus tôt ce jour-là ? Condamné. Ce n'était pas juste un mot bon pour Jon ; c'était le mot exact. Ce sentiment de destin fatal avait pesé sur le garçon si manifestement qu'il y avait eu des moments où Richard avait voulu le serrer dans ses bras, pour lui dire de s'égayer un peu, qu'il y avait parfois des fins heureuses et que les bons ne meurent pas toujours jeunes.

Puis il pensa à Roger jetant sa Boule Magique Numéro Huit sur le trottoir, la jetant aussi violemment qu'il le pouvait ; il entendait le plastique se briser en éclats et voyait le liquide magique de la Boule Numéro Huit – juste de l'eau après tout – coulant sur le trottoir.

---

12. **to occur** [əˈkɜːʳ] : 1. ici, *venir à l'esprit* ; 2. *arriver, se produire*.

13. **right** : adj. 1. ici, *juste, correct* ; *exact* ; 2. *bon* ; 3. *droit(e)*.

14. **to hang about** (prét., p.p. **hung, hung**) : 1. *peser sur* ; 2. *traîner à ne rien faire*.

15. **palpably** : *manifestement, tangiblement*.

16. **to hug** : 1. ici, *serrer dans ses bras* ; 2. *longer, raser* (véhicule) ; **a hug**, *une étreinte*.

17. **to lighten up** : 1. *s'égayer, se remettre* ; 2. *s'éclaircir*.

18. **happy endings** : *des fins heureuses*.

19. **the good** : *les bons* ; les adjectifs substantivés ne prennent pas de **s** en anglais. Cf. **the rich**, *les riches*, etc.

20. **to splinter** : *se briser en éclats, se fendre, se fragmenter*.

21. **fluid** : *fluide, liquide*.

And this picture merged[1] with a picture of Roger's mongrel van[2], HAGSTROM'S WHOLESALE[3] DELIVERIES[4] written on the side, plunging over[5] the edge of some dusty[6], crumbling[7] cliff[8] out in the country, hitting[9] dead[10] squat[11] on its nose[12] with a noise that was, like Roger himself, no big deal[13]. He saw—although he didn't want to—the face of his brother's wife disintegrate into blood and bone[14]. He saw Jon burning in the wreck[15], screaming, turning[16] black.

No confidence, no real hope. He had always exuded[17] a sense of time running out. And in the end he had turned out[18] to be right.

"What does that mean?" Richard muttered[19], looking at the blank screen.

How would the Magic Eight-Ball have answered that? ASK AGAIN LATER? OUTCOME[20] IS MURKY[21]? Or perhaps IT IS CERTAINLY SO?

The noise coming from the CPU was getting louder again, and more quickly than this afternoon. Already he could smell the train transformer Jon had lodged[22] in the machinery[23] behind the screen getting hot.

Magic dream machine.

Word processor of the gods[24].

---

1. **merge** [mɜːʳdʒ] : 1. ici, *se fondre avec, se mélanger, se perdre*; 2. *se rejoindre, s'unir*; 3. *fusionner* (société); **a merger** : *une fusion*.

2. **mongrel van** : *camionnette bâtarde/hybride*.

3. **wholesale** ['həʊlseɪl] : 1. ici, *de gros*, **wholesale dealer**, *grossiste*; 2. adv., *en gros*; sens figuré : *en bloc*; 3. nom : *vente en gros*.

4. **delivery** (pl. –ies) [dɪ'lɪvərɪ] : 1. ici, *livraison*; 2. *distribution* (courrier); 3. *accouchement*; 4. *délivrance*.

5. **to plunge over** : 1. ici, *se précipiter, chuter*; 2. *plonger*.

6. **dusty** : *poussiéreux-euse*.

7. **to crumble** : 1. ici, *s'effondrer*; 2. *s'émietter* (cuisine).

8. **cliff** : 1. ici, *à-pic*; 2. *escarpement*; 3. *falaise*.

9. **to hit** : 1. ici, *percuter, toucher, heurter*; 2. *frapper, taper*; 3. *atteindre* (cible).

10. **dead** : *en plein...*

11. **squat** : = **heavy fall**, *lourde chute*.

12. **nose** : ici, *avant* (du véhicule).

Et cette image se mélangeait avec une image de la camionnette bâtarde de Roger, LIVRAISONS EN GROS HAGSTROM écrit en gros sur le côté, chutant par-dessus le bord d'un à-pic poussiéreux en train de s'écrouler dans la campagne, percutant son avant en une lourde chute avec un bruit qui, comme Roger lui-même, n'était pas une bonne affaire. Il vit – bien qu'il ne voulait pas – le visage de la femme de son frère se désintégrer dans le sang et les os. Il vit Jon brûlant dans l'épave, hurlant, se calcinant.

Pas de confiance, pas de réel espoir. Il avait toujours exsudé un sens du temps qui s'écoulait. Et en fin de compte cela s'était avéré.

— Qu'est-ce que cela signifie ? murmura Richard, en regardant l'écran vide.

Comment la Boule Magique Numéro Huit aurait-elle répondu à cela ? REDEMANDER PLUS TARD ? RÉSULTAT SOMBRE ? ou peut-être C'EST CERTAINEMENT AINSI ?

Le bruit provenant de l'unité centrale devenait encore plus fort, et plus rapidement que cet après-midi. Il pouvait déjà sentir le transformateur du train électrique que Jon avait logé dans le mécanisme derrière l'écran devenir chaud.

Machine magique à rêves.

Ordinateur des dieux.

---

13. **no big deal** : (fam.) *pas une bonne affaire.*
14. **bone** [bəʊn] : *os.*
15. **wreck** [rek] : 1. ici, *épave* ; 2. *vieille guimbarde* ; 3. *naufrage.*
16. **to turn** : 1. ici, *devenir* (**black**, *noir*) donc ici, *se calciner* ; 2. *tourner.*
17. **to exude** [ɪɡˈzjuːd] : *exsuder.*
18. **to turn out** 1. ici, *s'avérer, se révéler* ; 2. *éteindre* ; 3. *retourner, vider* ; 4. *sortir.*
19. **to mutter** : *murmurer, marmonner.*
20. **outcome** : *résultat* ; *conséquence.*
21. **murky** : 1. ici, *sombre, noir* ; 2. *boueux, trouble, sale.*
22. **to lodge** : 1. ici, *loger* ; *héberger* ; 2. *se loger* ; 3. *déposer* (**a complaint**, *une plainte*).
23. **machinery** : 1. ici, *mécanisme* ; *machines* ; 2. *rouages.*
24. **gods** : 1. ici, *les dieux* ; **God** (rel.) *Dieu* ; **God Almighty** : *Dieu Tout-Puissant* ; 2. autre sens, GB, **the gods** (au théâtre) *le poulailler.*

Was that what it was? Was that what Jon had intended to give his uncle for his birthday? The space-age equivalent of a magic lamp or a wishing well?

He heard the back door of the house bang open[1] and then the voices of Seth and the other members of Seth's band[2]. The voices were too loud, too raucous[3]. They had either been drinking or smoking dope[4].

"Where's your old man, Seth?" he heard one of them ask.

"Goofing off[5] in his study, like usual, I guess," Seth said. "I think he—" The wind rose again then, blurring[6] the rest, but not blurring their vicious[7] tribal[8] laughter.

Richard sat listening to them, his head cocked[9] a little to one side, and suddenly he typed:

MY SON IS SETH ROBERT HAGSTROM.

His finger hovered[10] over the DELETE button.

What are you doing? his mind screamed at him. *Can you be serious? Do you intend to murder your own son?*

"He must do somethin'[11] in there," one of the others said.

"He's a goddam[12] dimwit[13]," Seth answered. "You ask my mother sometime. She'll tell you. He—"

I'm not going to murder him. I'm going to... to DELETE *him.*

His finger stabbed[14] down on the button. "—ain't[15] never done nothing[16] but[17]—"

---

1. **to bang open** : *s'ouvrir violemment*; c'est l'adjectif **open** que l'on traduit en français par le verbe *s'ouvrir*, tandis que le verbe anglais **to bang** donne la manière dont l'action s'opère; **to bang** : *frapper violemment, cogner*; *éclater*; *claquer*.

2. **band** : 1. ici, *groupe de musiciens*; *fanfare*; 2. *troupe*; 3. *ruban, courroie*.

3. **raucous** ['rɔːkəs] : 1. ici, *bruyant*; 2. *rauque*.

4. **dope** [dəʊp] : fam. 1. ici, *came* (drogue); 2. *info, tuyau*; 3. *andouille, imbécile, pauvre con*; **dope head**, *camé, toxico*; **to dope**, *droguer*; **dopey** adj., *abruti, neuneu*.

5. **to goof off** (ou **goof around**) (argot US) : 1. ici, *glander, glandouiller*; 2. *déconner*. **a goof** : 1. *une andouille, un taré, un couillon*; 2. *une gaffe*.

6. **to blur** [blɜːʳ] : *rendre flou, atténuer*.

7. **vicious** ['vɪʃəs] : 1. ici, *brutal, violent*; 2. *méchant, vicieux*.

8. **tribal** ['traɪbl] : *tribal*.

Est-ce que c'était cela ? Est-ce que c'était cela que Jon avait voulu donner à son oncle pour son anniversaire ? L'équivalent à l'ère spatiale d'une lanterne ou d'un puits magique ?

Il entendit la porte de derrière de la maison s'ouvrir violemment, puis les voix de Seth et des autres membres de son groupe de musiciens. Les voix étaient trop fortes, trop bruyantes. Ils avaient soit bu soit fumé de la came.

— Où est ton vieux, Seth ? entendit-il l'un d'eux demander.

— À glander dans son bureau, comme d'habitude, j'imagine, dit Seth. Je pense qu'il...

Le vent se leva de nouveau alors, brouillant le reste mais pas leur rire tribal violent.

Richard était assis les écoutant, la tête penchée un peu d'un côté, et soudain il tapa sur la machine :

MON FILS EST SETH ROBERT HAGSTROM.

Son doigt hésita sur le bouton SUPPRIMER.

Qu'es-tu en train de faire ? lui criait son esprit. Peux-tu être sérieux ? As-tu l'intention d'assassiner ton propre fils ?

— Il doit faire quelque chose là-dedans, dit un des autres.

— C'est une foutue andouille, répondit Seth. Demande à ma mère un de ces jours. Elle te dira. Il...

Je ne vais pas l'assassiner. Je vais l'... l'EFFACER.

Son doigt enfonça le bouton.

— A jamais fait rien sauf...

---

9. **cocked** : *penchée* ; **to cock** 1. ici, *pencher, incliner* ; 2. *armer* (fusil) ; 3. *dresser* (oreille).

10. **to hover** ['hɒvər] : 1. ici, *hésiter* ; 2. *planer* ; *rôder* ; 3. *flotter, voltiger* ; 4. *stagner*.

11. **somethin'...** : fam. = **something**.

12. **goddam** = **god-damned** : (fam.) *sacré, foutu, putain de*...

13. **dimwit** : (slang) *crétin, andouille*.

14. **to stab** : 1. ici, *(s') enfoncer* (sur le bouton), *pousser* ; 2. *donner un coup de couteau, poignarder* ; 3. *planter* ; **a stab** : *coup* (de couteau) ; *élancement* ; *remord* ; **stabbing**, *agression à l'arme blanche*.

15. **ain't** : = familier pour **has not**, **have not** et également **am not, is not, are not**.

16. **nothing** : emploi familier au lieu de **anything**.

17. **but** : ici préposition signifiant *sauf, à part*.

The words MY SON IS SETH ROBERT HAGSTROM vanished from the screen.

Outside, Seth's words vanished with them.

There was no sound out there now but the cold November wind, blowing grim[1] advertisements[2] for winter.

Richard turned off the word processor and went outside. The driveway[3] was empty. The group's lead[4] guitarist, Norm somebody[5], drove a monstrous[6] and somehow sinister old LTD station wagon[7] in which the group carried their equipment to their infrequent[8] gigs[9]. It was not parked in the driveway now. Perhaps it was somewhere in the world, tooling down[10] some highway[11] or parked in the parking lot[12] of some greasy[13] hamburger hangout[14], and Norm was also somewhere in the world, as was Davey, the bassist[15], whose eyes were frighteningly blank and who wore a safety pin[16] dangling[17] from one earlobe[18], as was the drummer[19], who had no front teeth[20]. They were somewhere in the world, somewhere, but not here, because Seth wasn't here, Seth had never been here.

Seth had been DELETED.

"I have no son," Richard muttered. How many times had he read that melodramatic phrase in bad novels? A hundred? Two hundred? It had never rung true[21] to him. But here it was true. Now it was true.

Oh yes.

---

1. **grim** : 1. ici, *sinistre, lugubre* ; 2. *sévère* ; 3. *patraque* ; *déprimé*.

2. **advertisement** [‚æd'vɜːˈtɪsmənt] : *annonce*. ▶ Attention à la prononciation et au changement de place de l'accent tonique : **to advertize** US, **to advertise** GB ['ædvətaɪz] *faire de la publicité* ; *passer une annonce* ; **advertiser** ['ædvətaɪzər] *annonceur* ; **advert** ['ædvɜːˈt] *pub, annonce*.

3. **driveway** : *allée* ; *voie privée*.

4. **lead** [liːd] : 1. ici, adj., *principal, premier* ; 2. nom : a. *tête*, **to be in the lead**, *être en tête* ; b. *initiative* ; 3. *indice, piste* ; 4. *rôle principal* ; 5. *laisse* (chien).

5. **Norm somebody** : fam. *un certain Norm* (*Norman*), *Norm quelque chose*.

6. **monstrous** : 1. ici, *énorme* ; 2. *monstrueux, atroce*.

7. **LTD station wagon** : (US) *modèle break* de marque Ford (1975), avec moteur V8.

8. **infrequent** [ɪn'friːkwənt] : *épisodique* ; *rare*.

9. **gig** : concert ; **to gig** : fam. *être en tournée*.

Les mots MON FILS EST SETH ROBERT HAGSTROM disparurent de l'écran.

Au-dehors les mots de Seth disparurent avec eux.

Il n'y avait maintenant plus de bruit dehors excepté le vent froid de novembre, soufflant les annonces lugubres de l'hiver.

Richard éteignit la machine et sortit. La voie privée était vide. Le guitariste principal du groupe, Norm quelque chose, conduisait un vieux break Ford monstrueux et quelque peu sinistre dans lequel le groupe transportait son équipement lors de ses épisodiques engagements. Il n'était plus garé dans la voie. Il était peut-être ailleurs dans le monde se traînant sur quelque autoroute ou garé dans quelque parc de stationnement crasseux, et Norm était aussi quelque part dans le monde, comme l'était Davey, le joueur de basse, dont les yeux étaient d'un vide effrayant et qui portait une épingle à nourrice pendue à un lobe de l'oreille, tout comme l'était le batteur qui n'avait pas de dents de devant. Ils étaient quelque part dans le monde, quelque part, mais pas ici, parce que Seth n'était pas ici, Seth n'avait jamais été ici.

Seth avait été EFFACÉ.

— Je n'ai pas de fils, murmura Richard.

Combien de fois avait-il entendu cette phrase mélodramatique dans de mauvais romans ? Cent fois ? Deux cents fois ? Cela ne lui avait jamais sonné vrai. Mais maintenant c'était vrai. Oh, oui.

---

10. **to tool down** : (US fam.), *glander, traîner.*
11. **highway** : (US) – *grande route ; autoroute.*
12. **parking lot** : (US) *parc de stationnement ; parking ;* (GB) **car park**.
13. **greasy** : 1. ici, *crasseux, poisseux ;* 2. *gras, graisseux ;* 3. *obséquieux,* **a greasy spoon**, fam., *une gargote.*
14. **hangout** : 1. ici, *antre* (ici, *un boui-boui à hamburger*).
15. **bassist** : *joueur de basse.*
16. **safety-pin** : 1. ici, *une épingle à nourrice ;* 2. *goupille de sûreté* (grenade).
17. **to dangle** : 1. ici, *pendre ;* 2. *balancer, laisser pendre.*
18. **earlobe** ['ɪəʳləʊb] : *lobe de l'oreille.*
19. **drummer** : *batteur ;* **drum** 1. *tambour ;* 2. *tympan ;* **to drum**, *jouer de la batterie, tambouriner.*
20. **front teeth** : *dents de devant.*
21. **to ring true** (prét. **rang**, p.p. **rung**) : *sonner vrai ;* **to ring false**, *sonner faux.*

The wind gusted[1], and Richard was suddenly seized by a vicious stomach cramp that doubled[2] him over, gasping. He passed explosive wind.

When the cramps passed[3], he walked into the house.

The first thing he noticed was that Seth's ratty[4] tennis shoes—he had four pairs of them and refused[5] to throw any of them out[6]—were gone from the front hall[7]. He went to the stairway banister[8] and ran[9] his thumb over a section of it. At age ten (old enough to know better, but Lina had refused to allow Richard to lay a hand on the boy in spite of that), Seth had carved[10] his initials[11] deeply into the wood of that banister, wood which Richard had labored[12] over for almost one whole summer. He had sanded[13] and filled[14] and revarnished, but the ghost of those initials had remained.

They were gone now.

Upstairs. Seth's room. It was neat[15] and clean and unlived-in, dry and devoid of personality. It might as well have had a sign on the doorknob[16] reading GUEST ROOM.

Downstairs. And it was here that Richard lingered[17] the longest. The snarls[18] of wire were gone; the amplifiers and microphones were gone; the litter[19] of tape recorder[20] parts[21] that Seth was always going to "fix up[22]" were gone (he did not have Jon's hands or concentration).

---

1. **to gust** : *souffler en bourrasques*.
2. **to double** : 1. ici, *plier en deux* ; 2. *doubler*.
3. **to pass** : 1. *passer = cesser, disparaître* ; 2. *passer = ratisser* ; *être approuvé* ; 3. *doubler* (voiture) ; 4. *prononcer, rendre* (jugement).
4. **ratty** : US) *miteux* ; syn. GB. **shabby** ; 2. *de mauvais poil, irritable*.
5. **to refuse** [rɪ'fjuːz] : *refuser, décliner*. ▶ Attention au sens et à la prononciation du substantif **refuse** ['refjuːs] GB, *ordures ménagères* ; *détritus, déchets*.
6. **to throw out** (prét., p.p., **threw, thrown**) : 1. ici, *jeter, mettre au rebut* ; 2. *mettre à la porte* ; 3. *désorienter*.
7. **hall** : 1. ici, *entrée, vestibule, couloir, salle* ; 2. *manoir*.
8. **banister** ou **bannister** : *rampe* (d'escalier).
9. **to run** prét., p.p. **ran, run** : ici, *passer* (*la main sur*).
10. **to carve** : 1. ici, *graver* ; 2. *tailler, découper* ; 3. *sculpter*.
11. **initials** : [ɪ'nɪʃəlz].

Le vent soufflait en bourrasques, et Richard fut soudain saisi par une crampe d'estomac vicieuse qui le fit se plier en deux, le souffle coupé. Il ignora le vent détonant.

Quand les crampes cessèrent, il entra dans la maison.

La première chose qu'il remarqua fut que les chaussures de tennis miteuses de Seth – il en avait quatre paires et refusait de jeter aucune d'elles – n'étaient plus dans l'entrée. Il alla jusqu'à la rampe de l'escalier et passa son pouce sur une de ses sections. À dix ans, Seth (assez âgé pour mieux se conduire, mais en dépit de cela Lina avait refusé à Richard de porter la main sur le garçon) avait gravé ses initiales sur le bois de cette rampe, bois que Richard avait travaillé dur pendant presque tout un été. Richard avait poncé, bouché et reverni, mais le fantôme de ces initiales était resté.

Elles avaient maintenant disparu.

À l'étage. La chambre de Seth. Elle était nette, propre et inhabitée, triste et dépourvue de personnalité. Elle aurait aussi bien pu avoir un panneau sur la poignée de porte indiquant CHAMBRE D'AMIS.

Rez-de-chaussée. C'était là que Richard s'attarda le plus longtemps. Les nœuds de fils étaient partis ; les amplificateurs et les microphones étaient partis ; le fouillis de pièces détachées de magnétophones que Seth allait toujours « retaper » avait disparu (il n'avait pas les mains ou la concentration de Jon).

---

12. **to labor** : (GB **labour**) ['leɪbər] 1. ici, *travailler dur, peiner* ; 2. *insister*.

13. **to sand** : 1. ici, *poncer* ; 2. *sabler*.

14. **to fill** : 1. ici, *boucher* ; 2. *remplir*.

15. **neat** : (1. ici, *net* ; 2. *soigné, tiré à quatre épingles* ; 3. *élégant, joli* ; 4. *efficace, bien conçu* ; 5. *sec* (whisky, etc.).

16. **doorknob** ['dɔːrnɒb] : *poignée de porte*.

17. **to linger** : 1. ici, *traîner, s'attarder* ; 2. *persister*.

18. **snarls** : 1. ici, *nœuds* (**of wires** : *de fils*).

19. **litter** : 1. *fouillis* ; 2. *détritus* ; 3. *litière* ; 4. *portée* (petits chiens).

20. **tape recorder** [teɪp rɪˈkɔːrdər] : *magnétophone* ; **tape** : *ruban (magnétique)* ; **to record** [rɪˈkɔːrd], *enregistrer*. ▶ Attention à la prononciation : **a record** [ˈrekɔːrd], *un disque*.

21. **part** : 1. ici, = **spare part**, *pièce détachée* ; 2. *partie*.

22. **to fix up** : *arranger, retaper, réparer*.

65

Instead the room bore the deep (if not particularly pleasant) stamp of Lina's personality—heavy, florid[1] furniture and saccharin[2] velvet tapestries (one depicting a Last Supper at which Christ looked like Wayne Newton[3], another showing deer[4] against a sunset. Alaskan skyline), a glaring[5] rug[6] as bright as arterial blood

There was no longer[7] the faintest[8] sense that a boy named Seth Hagstrom had once inhabited[9] this room. This room, or any of the other rooms in the house.

Richard was still standing at the foot of the stairs and looking around when he heard a car pull into[10] the driveway.

Lina, he thought, and felt a surge[11] of almost frantic[12] guilt[13]. *It's Lina, back from bingo, and what's she going to say when she sees that Seth is gone? What ... what ...*

Murderer! he heard her screaming. *You murdered my boy!*

But he hadn't murdered Seth.

"I DELETED him," he muttered, and went upstairs to meet her in the kitchen.

Lina was fatter.

He had sent a woman off[14] to bingo who weighed a hundred and eighty pounds or so[15]. The woman who came back in weighed at least three hundred, perhaps more; she had to twist[16] slightly sideways[17] to get in through the back door.

---

1. **florid** : 1. ici, *chargé* (style du mobilier) ; 2. *coloré* (teint).

2. **saccharin(e)** : 1. ici, sens figuré et péjoratif, *écœurant* ; dans un autre contexte, *mielleux* ; 2. *saccharine*.

3. **Wayne Newton** : chanteur et compositeur, acteur et producteur américain (né en 1942 en Virginie).

4. **deer** : *cerf, biche*.

5. **glaring** : 1. ici, *criard, voyant* ; 2. *vif* ; 3. *éclatant, éblouissant* ; 4. *flagrant*.

6. **rug** : *carpette, tapis*.

7. **no longer** : *ne plus*, au sens temporel ; **no more**, *ne plus*, est quantitatif, **he's got no more friends**, *il n'a plus d'amis*.

8. **faintest** : superlatif de **faint**, 1. ici, *vague, léger, faible* ; 2. *pâle*.

9. **to inhabit** [ɪnˈhæbɪt] : *habiter* ; **inhabitable**, *habitable* ; **inhabitant**,

Au lieu de cela, la pièce portait l'empreinte (non particulièrement plaisante) de la personnalité de Lina – un mobilier lourd et chargé, et des tapisseries d'un velours couleur saccharine (l'un dépeignant un *Dernier Souper* où le Christ ressemblait à Wayne Newton, un autre montrant des cervidés sur une ligne d'horizon avec un coucher de soleil d'Alaska), une carpette criarde aussi luisante que du sang artériel.

Il n'y avait plus la moindre marque qu'un garçon nommé Seth Hagstrom ait un jour habité cette pièce. Celle-ci ou aucune des autres pièces dans la maison.

Richard était encore debout au pied de l'escalier et regardait autour de lui quand il entendit une voiture se garer dans la voie privée.

Lina, pensa-t-il, et il éprouva une poussée de culpabilité presque éperdue. *C'est Lina, de retour du bingo, et que va-t-elle dire quand elle verra que Seth est parti ? Que... que...*

Assassin ! Il entendait ses cris. *Tu as assassiné mon garçon !*

Mais il n'avait pas assassiné Seth.

— JE L'AI EFFACÉ, murmura-t-il, et il monta à l'étage pour la rencontrer dans la cuisine.

Lina était plus grosse.

Il avait expédié au loto une femme qui pesait cent quatre-vingts livres ou à peu près. La femme qui rentrait en pesait au moins trois cents, peut-être plus ; il lui fallut se tourner légèrement de côté pour entrer par la porte de derrière.

---

habitant ; le français *inhabitable* se dira **uninhabitable**. ▶ Attention : **habit** = *habitude ; tenue*.

10. **to pull into** : se *garer, s'arrêter* (voiture) ; *entrer en gare*.

11. **surge** [sɜːʳdʒ] : 1. ici, *poussée, accès* ; 2. *augmentation* ; 3. *ruée*.

12. **frantic** : 1. ici, *éperdu* ; 2. *frénétique*.

13. **guilt** [gɪlt] : *culpabilité*.

14. **to send off** : 1. ici, *expédier, envoyer* ; 2. **to send off for sth**, *se faire envoyer qqch., commander qqch. sur catalogue*.

15. **or so** : *ou à peu près*.

16. **to twist** : 1. ici, *se tourner* ; 2. *tresser, entortiller* ; 3. *fouler, tordre* (cheville) ; 4. *déformer* ; 5. *serpenter*.

17. **sideways** ['saɪdweɪz] : *de côté, obliquement, en crabe*.

Elephantine[1] hips and thighs[2] rippled[3] in tidal motions[4] beneath polyester slacks the color of overripe[5] green olives. Her skin, merely sallow[6] three hours ago, was now sickly[7] and pale. Although he was no doctor, Richard thought he could read serious liver damage[8] or incipient[9] heart disease in that skin. Her heavy-lidded eyes regarded[10] Richard with a steady, even contempt.

She was carrying the frozen corpse[11] of a huge turkey[12] in one of her flabby[13] hands. It twisted and turned within its cellophane wrapper[14] like the body of a bizarre[15] suicide.

"What are you staring at, Richard?" she asked.

You, Lina. I'm staring at you. Because this is how you turned out in a world where we had no children. This is how you turned out in a world where there was no object for your love—poisoned[16] as your love might be. This is how Lina looks[17] in a world where everything comes in and nothing at all goes out. You, Lina. That's what I'm staring at[18]. You.

"That bird, Lina," he managed finally. "That's one of the biggest damn turkeys I've ever seen[19]."

"Well don't just stand there looking at it, idiot! Help me with it!"

He took the turkey and put it on the counter[20], feeling its waves[21] of cheerless[22] cold. It sounded like[23] a block[24] of wood.

---

1. **elephantine** [ˌelɪˈfæntaɪn] : 1. ici, *éléphantesque* ; 2. *lourd, gauche*.
2. **thigh** [θaɪ] : *cuisse*.
3. **to ripple** : 1. ici, *onduler* ; 2. (eau) *clapoter, se vider*.
4. **tidal motion** : m. à m. *mouvement de marée*, **tide**, *marée*.
5. **overripe** : 1. ici, *trop mûr(e)* ; 2. *trop fait*.
6. **sallow** [ˈsæləʊ] : 1. ici, *cireux-euse* ; 2. *jaunâtre*.
7. **sickly** : 1. *blafard, pâle* ; 2. *maladif* ; 3. *écœurant*.
8. **damage** [ˈdæmɪdʒ] : 1. ici, *dégâts, dommages* ; 2. *préjudices, tort*.
9. **incipient** : *naissant*.
10. **to regard** [rɪˈgɑːʳd] : 1. ici, *considérer, regarder* ; 2. *traiter*.
11. **corpse** [kɔːʳps] : *cadavre, corps*. ▶ Attention : ne pas confondre avec **corps** [kɔː] *corps* (d'armée, de ballet, etc).
12. **turkey** : 1. ici, *dinde, dindon* ; 2. US slang : a. *imbécile, andouille* ; b. *échec, bide, flop, four*.
13. **flabby** : 1. ici, *flasque, mou* ; 2. *empâté(e)*.

Des hanches éléphantesques et des cuisses qui ondulaient en mouvements de marée sous un pantalon en polyester de couleur olive verte trop mûre. Sa peau, simplement cireuse trois heures auparavant, était blafarde et pâle. Bien qu'il ne fût pas médecin, Richard pensa qu'il pouvait diagnostiquer d'après sa peau de sérieux dommages au foie ou le début d'une maladie du cœur. Ses yeux aux paupières lourdes regardaient Richard avec un mépris calme et soutenu.

Elle portait le corps congelé d'une énorme dinde dans une de ses mains flasques. Elle se tournait et se retournait dans son papier d'emballage en cellophane comme le corps d'un suicidé très étrange.

— Que regardes-tu fixement, Richard ? demanda-t-elle.

Toi, Lina. Je te regarde. Parce que voici comment tu t'es révélée être dans un monde où nous n'avions pas d'enfant. Voici comment tu t'es révélée dans un monde où il n'y avait pas d'objet pour ton amour empoisonné comme ton amour pouvait l'être. Voilà à quoi ressemble Lina dans un monde où tout entre et rien ne sort. Toi, Lina. C'est ce que je dévisage. Toi.

— Cette volaille, Lina, parvint-il finalement. C'est une des plus grosses foutues volailles que j'aie jamais vues.

— Bon, ne reste donc juste pas là à la regarder, idiot ! Aide-moi avec elle !

Il prit la dinde et la posa sur le comptoir, sentant ses ondes de froid triste. On aurait dit un bloc de bois.

---

14. **wrapper** : 1. ici, *papier d'emballage* ; 2. *jaquette* (livre) ; 3. *peignoir*.
15. **bizarre** [bɪˈzɑːʳ] : bizarre, étrange.
16. **poisoned** [ˈpɔɪzənd] : *empoisonné*.
17. **to look (like)** : *ressembler, avoir l'air* ; **to look at**, *regarder*.
18. **to stare at** [steəʳ] : *regarder fixement*.
19. **I've ever seen** : **ever** signifie *jamais* au sens positif.
20. **counter** [ˈkaʊntəʳ] : m. à m. *comptoir* ; ici partie d'une cuisine intégrée « à l'américaine ».
21. **wave(s)** : 1. ici, : *bouffées, vagues, ondes* ; 2. *crans, ondulations* (cheveux) ; 3. *geste, signe de la main* ; **to wave**, *faire un signe* ou *geste de la main* ; *onduler* ; *brandir* (drapeau).
22. **cheerless** : *morne, triste*.
23. **to sound like** [saʊnd] : 1. ici, *sembler* ; 2. *sonner, retentir*.
24. **block** : 1. ici, *bloc* ; 2. *pâté de maisons* ; 3. *blocage*.

"Not *there!*" she cried impatiently, and gestured[1] toward the pantry[2]. "It's not going to fit in[3] there! Put it in the freezer!"

"Sorry," he murmured. They had never had a freezer before. Never in the world where there had been a Seth.

He took the turkey into the pantry, where a long Amana freezer[4] sat under cold white fluorescent tubes like a cold white coffin. He put it inside along with the cryogenically preserved[5] corpses of other birds and beasts and then went back into the kitchen.

Lina had taken the jar[6] of Reese's peanut butter cups from the cupboard and was eating them methodically, one after the other.

"It was the Thanksgiving[7] bingo," she said. "We had it this week instead of next because next week Father Philips has to go in hospital and have his gall-bladder out[8]. I won the cover-all[9]." She smiled. A brown mixture of chocolate and peanut butter dripped[10] and ran from her teeth.

"Lina," he said, "are you ever sorry we never had children?"

She looked at him as if he had gone utterly[11] crazy. "What in the name of God would I want a rug-monkey[12] for?" she asked. She shoved[13] the jar of peanut butter cups, now reduced[14] by half, back into the cupboard. "I'm going to bed. Are you coming, or are you going back out there and moon over[15] your typewriter some more?"

---

1. **to gesture** ['dʒestʃəʳ] : *faire un geste, désigner*.
2. **pantry** : 1. ici, *garde-manger*; 2. *cellier, office*.
3. **to fit in** : 1. ici, *tenir*; 2. *s'intégrer*; *correspondre, cadrer*; 3. *installer, faire entrer*; 4. *trouver* (temps pour).
4. **Amana freezer** : un *congélateu*r de la marque Amana, lancée dans les années 1930 à Amana, Iowa (USA).
5. **to preserve** [prɪ'zɜːʳv] : 1. ici, *conserver*; *mettre en conserve*; 2. *préserver, protéger*; **preserves** : *confitures*.
6. **jar** [dʒɑːʳ] : 1. ici, *bocal, pot*; 2. (fam) GB *pot, godet* (boire un).
7. **Thanksgiving** : **Thanksgiving Day**, fête nationale célébrée aux États-Unis, a pour origine une *journée d'actions de grâce* tenue en décembre 1621 par les pionniers de la colonie de Nouvelle-Angleterre (les **Pilgrim Fathers**) pour remercier le Créateur de l'abondance des moissons et des récoltes. Depuis 1941, **Thanksgiving** tombe le 4ᵉ jeudi de novembre.

— Pas *ici* ! cria-t-elle avec impatience, et fit un geste désignant le cellier. Ça ne va pas tenir là ! Mets-la dans le congélateur !

— Désolé, murmura-t-il.

Ils n'avaient jamais eu de congélateur auparavant. Jamais dans un monde où il y avait eu un Seth.

Il mit la dinde dans le cellier, où un long congélateur Amana se trouvait sous des tubes fluorescents blancs tel un cercueil froid et blanc. Il la mit à l'intérieur à côté de cadavres d'autres volailles et bêtes cryogéniquement conservées puis retourna dans la cuisine.

Lina avait pris le bocal de portions de beurre de cacahuètes Reese dans le placard et les mangeait méthodiquement l'une après l'autre.

— C'était le bingo de Thanksgiving, dit-elle. Nous l'avons eu cette semaine au lieu de la suivante parce que le père doit aller à l'hôpital pour se faire enlever la vésicule biliaire la semaine prochaine. J'ai gagné la totale.

Elle sourit. Un mélange brun de chocolat et de beurre de cacahuètes dégoulinait et coulait de ses dents.

— Lina, dit-il, as-tu jamais regretté que nous n'ayons pas eu d'enfants ?

Elle le regarda comme s'il était devenu complètement fou.

— Pourquoi au nom du Ciel voudrais-je un chiard ? demanda-t-elle.

Elle poussa dans le placard le pot de portions de beurre de cacahuètes maintenant diminué de moitié.

— Je vais me mettre au lit. Tu viens, ou tu retournes là-bas soupirer encore plus sur ta machine à écrire ?

---

8. **to have ... out** : ici, *se faire enlever/opérer* ; *se faire arracher* (dent).

9. **coverall** : fam. *l'ensemble*, « *la totale* ».

10. **to drip** : 1. ici, *dégouliner, couler, ruisseler* ; 2. *fuir, tomber à gouttes*.

11. **utterly** : *complètement, tout à fait*.

12. **rug-monkey = rug-rat** (slang) *chiard, gniard*.

13. **to shove** : *pousser*.

14. **to reduce** [rɪˈdjuːs] : 1. ici, *réduire, diminuer* ; *abaisser* ; *alléger* ; 2. *faire réduire* (cuisine).

15. **to moon over** : (slang) = *soupirer après* ; **to moon about/around**, *paresser, flemmarder, feignasser, traînasser*.

"I'll go out for a little while[1] more, I think," he said. His voice was surprisingly steady. "I won't be long."

"Does that gadget work?"

"What—" Then he understood and he felt another flash[2] of guilt. She knew about the word processor, of course she did. Seth's DELETION[3] had not affected[4] Roger and the track[5] that Roger's family had been on. "Oh. Oh, no. It doesn't do anything."

She nodded, satisfied[6]. "That nephew of yours. Head always in the clouds[7]. Just like you, Richard. If you weren't such a mouse[8], I'd wonder if maybe you'd been putting it[9] where you hadn't ought to have been putting it about fifteen years ago." She laughed a coarse[10], surprisingly powerful laugh—the laugh of an aging, cynical bawd[11]—and for a moment he almost leaped at[12] her. Then he felt a smile surface[13] on his own lips—a smile as thin and white and cold as the Amana freezer that had replaced Seth on this new track.

"I won't be long," he said. "I just want to note down[14] a few things."

"Why don't you write a Nobel Prize[15]-winning short story, or something?" she asked indifferently.

---

1. **while** : 1. ici, n. *moment*; 2. conj. *pendant que*; *alors que*; *bien que, quoique*.

2. **flash** : 1. ici, *éclair*; 2. *éclat, reflet*; 3. (photo) *flash*; 4. (info) *flash*; **to flash**, *clignoter, filer comme l'éclair*; 4. *diffuser*.

3. **deletion** [dɪ'liːʃn] : *suppression*.

4. **to affect** [ə'fekt] : 1. ici, *toucher, concerner*; 2. *affecter*.

5. **track** : 1. ici, *trajectoire*; 2. *voie, piste*.

6. **to satisfy** ['sætɪsfaɪ] : 1. *satisfaire*; 2. *assouvir*; 3. *convaincre*.

7. **cloud** [klaʊd] : *nuage*.

8. **mouse** [maʊs], pluriel **mice** [maɪs] : 1. ici, fam., *personne timorée, timide*; 2. sens principal : *souris*; adj.**mousy**, *timide, effacé*.

9. **to put it** : *le mettre, l'introduire*. (sous-entendu, le sexe); l'épouse

72

— Je vais sortir un petit moment de plus, je pense, dit-il. (Sa voix était étonnamment calme.) Je ne serai pas long.

— Est-ce que ce truc marche ?

— Quel... ?

Alors il comprit et éprouva un autre éclair de culpabilité. Elle savait à propos de l'ordinateur, bien sûr elle savait.

La SUPPRESSION de Seth n'avait pas concerné Roger et la voie qu'avait suivie la famille de Roger.

— Oh. Oh, non. Il ne fait rien.

Elle hocha la tête, satisfaite.

— Ce neveu à toi. La tête toujours dans les nuages. Juste comme toi, Richard. Si tu n'étais pas si timide je me demande s'il aurait été possible que tu l'ais mise là où tu n'aurais pas dû la mettre il y a environ quinze ans.

Elle rit d'un rire vulgaire, étonnamment puissant – le rire d'une catin cynique et vieillissante – et pendant un moment il manqua lui sauter dessus. Puis il sentit apparaître un sourire sur ses propres lèvres – un sourire aussi mince, blanc et froid que le congélateur Amana qui avait remplacé Seth sur la nouvelle trajectoire.

— Je ne serai pas long, dit-il. Je veux juste prendre quelques choses en note.

— Pourquoi tu n'écris pas une nouvelle gagnant un prix Nobel, ou quelque chose ? demanda-t-elle avec indifférence.

---

de Richard insinue cyniquement qu'étant donné la similitude de timidité entre Jon et Richard, il est possible que ce dernier ait « fauté » avec Belinda et soit le géniteur de Jon.

10. **coarse** [kɔːʳs] : 1. ici, *vulgaire, gras*; 2. *grossier, commun, ordinaire*.
11. **bawd** [bɔːd] : *catin*.
12. **to leap at** : *sauter sur*.
13. **to surface** ['sɜːʳfəs] : 1. ici, *apparaître, se manifester*.
14. **to note down** : *noter, prendre en note*.
15. **Nobel Prize** : *prix Nobel*; prix récompensant des personnalités de divers domaines (chimie, physique, physiologie, littérature, paix). Ce prix est attribué par une institution fondée par le chimiste suédois Alfred Nobel (1833-1896, inventeur de la dynamite), et à qui il légua sa fortune.

The hall floorboards[1] creaked[2] and muttered as she swayed[3] her huge way toward the stairs. "We still owe[4] the optometrist for my reading glasses and we're a payment behind[5] on the Betamax[6]. Why don't you make us some damn money[7]?"

"Well," Richard said, "I don't know, Lina. But I've got some good ideas tonight. I really do." She turned to look at him, seemed about to say something sarcastic—something about how none of his good ideas had put them on easy street[8] but she had stuck with[9] him anyway—and then didn't. Perhaps something about his smile deterred[10] her. She went upstairs. Richard stood below, listening to her thundering tread[11].

He could feel sweat[12] on his forehead[13]. He felt simultaneously sick[14] and exhilarated[15].

He turned and went back out to his study.

This time when he turned the unit on, the CPU did not hum[16] or roar[17]; it began to make an uneven[18] howling[19] noise. That hot train transformer smell came almost immediately from the housing behind the screen, and as soon as he pushed the EXECUTE button, erasing[20] the HAPPY BIRTHDAY, UNCLE RICHARD! message, the unit began to smoke.

---

1. **floorboard** : *latte, plancher.*
2. **to creak** : *craquer ; crisser ; grincer.*
3. **to sway** : *se balancer ; osciller.*
4. **to owe** [əʊ] : *devoir* (argent, explication).
5. **a payment behind** : *un paiement en retard.*
6. **Betamax** : magnétoscope demi-pouce lancé par SONY dans les années 1970, concurrent du **VHS (Video Home Service)** de JVC, Thomson et Philips.
7. **to make money** : *gagner de l'argent.*
8. **to be on easy street** (slang) : *être plein aux as, rouler sur l'or.*
9. **to stick with** (prét., p.p. **stuck, stuck** : *rester avec, rester fidèle.*
10. **to deter** [dɪ'tɜːʳ] : 1. ici, *dissuader* ; 2. *prévenir* (attaque).
11. **thundering tread** : *pas, démarche pareille à un roulement de tonnerre* ; **to thunder**, *tonner.*
12. **sweat** [swet] : 1. *sueur, transpiration* ; 2. *corvée* ; 3. *ennui, soucis* ; fam.), **no sweat!**, *pas de problème !* ; 3. (GB) **old sweat**, *vieux de la vieille* ;

Les lattes de l'entrée craquèrent et grondèrent alors que son énorme chemin tanguait vers l'escalier.

— Nous devons encore de l'argent à l'opticien pour mes lunettes et nous avons un paiement de retard pour le Betamax. Pourquoi t'irais pas nous faire gagner du fric ?

— Bien, dit Richard. Je ne sais pas Lina. Mais j'ai quelques bonnes idées ce soir. J'en ai vraiment.

Elle se retourna pour le regarder, parut sur le point de dire quelque chose de sarcastique – quelque chose sur comment aucune de ses bonnes idées ne les avaient fait pleins aux as, alors qu'elle était cependant restée à ses côtés – et ensuite non. Quelque chose dans son sourire l'en empêcha peut-être. Elle monta à l'étage. Richard resta derrière, écoutant sa démarche pareille à un roulement de tonnerre.

Il pouvait sentir la sueur sur son front. Il avait mal au cœur et se sentait exalté en même temps.

Cette fois quand il l'alluma, l'unité centrale ne bourdonna ni ne gronda ; elle commença à produire un braillement irrégulier. Cette odeur chaude du transformateur de train arriva presque immédiatement du boîtier derrière l'écran, et dès qu'il eut poussé le bouton EXÉCUTER, effaçant le message JOYEUX NOËL, ONCLE RICHARD !, l'unité commença à fumer.

---

to sweat 1. *suer, transpirer* ; 2. *se faire du souci, du mauvais sang* ; **to sweat it**, *se donner du mal.*

13. **forehead** ['fɒrɪd], ['fɔːˈhɛd] : *front.*

14. **sick** : rappel : 1. ici, **to be sick**, *avoir mal au cœur* ; *en avoir assez/marre* ; 2. **sick**, *malsain, maladif.* ▶ Attention : ne pas confondre avec **to be ill**, *être malade* (contagieux).

15. **exhilarated** [ɪɡˈzɪləreɪtɪd] : *exalté.*

16. **to hum** : voir p. 29, note 19.

17. **to roar** : *gronder* ; *vrombir.*

18. **uneven** : 1. ici, *irrégulier* ; 2. *rugueux, accidenté* ; *inégal* ; *impair* (nombre) opposé à **even**, *pair.*

19. **to howl** [haʊl] : 1. *hurler, brailler* ; 2. *huer* ; **howling** : adj. *énorme* ; nom : *hurlement, braillement, mugissement.*

20. **to erase** [ɪˈreɪz] : 1. ici, *effacer* ; 2. *gommer.*

Not much time, he thought. *No... that's not right. No time at all. Jon knew it, and now I know it, too.*

The choices came down to two: Bring Seth back with the INSERT button (he was sure he could do it; it would be as easy as creating the Spanish doubloons[1] had been) or finish the job.

The smell was getting thicker, more urgent[2]. In a few moments, surely no more, the screen would start[3] blinking[4] its OVERLOAD message.

He typed:

MY WIFE IS ADELINA MABEL WARREN HAGSTROM. He punched the DELETE button.

He typed:

I AM A MAN WHO LIVES ALONE[5].

Now the word began to blink steadily in the upper[6] right-hand[7] corner of the screen: OVERLOAD OVERLOAD OVERLOAD.

Please. Please let me finish. Please, please, please...

The smoke coming from the vents[8] in the video cabinet[9] was thicker and grayer[10] now. He looked down at the screaming CPU and saw that smoke[11] was also coming from its vents... and down in that smoke he could see a sullen red spark of fire.

---

1. **Spanish doubloon** [dʌbˈluːn] : de 1492 jusqu'au milieu du XIXᵉ siècle, l'Espagne (sous le contrôle de l'empire austro-hongrois) avait pratiquement le monopole de la production d'or (provenant de ses colonies d'Amérique du Sud). Le doublon espagnol était la plus grosse pièce d'or, sa valeur étant fonction du poids de l'or qu'il contenait. Cette origine espagnole se retrouve de nos jours dans le symbole du dollar, **$**, où les deux traits qui y figurent viennent de l'appellation ancienne **Spanish pillar dollar** (les piliers d'une banque figurent sur le dollar espagnol). Le mot **dollar** vient du mot allemand ***thaler***, monnaie d'argent créée à la fin du XVᵉ siècle en Bohême.

2. **urgent** [ˈɜːrdʒənt] : 1. ici, *insistant* ; 2. *pressant*, *urgent* ; **to urge** [ɜːrdʒ], *exhorter, presser ; insister sur*.

3. **start blinking** : rappel : après un verbe exprimant le <u>début</u> (ici **to start**, *commencer*), la <u>continuation</u> (**to continue**, **to go on**, *continuer*) et l'<u>arrêt</u> (**to stop**) on utilise la forme en **–ing**.

4. **to blink** : *cligner des yeux ; clignoter*.

Pas beaucoup de temps, pensa-t-il. *Non... ce n'est pas juste. Pas de temps du tout. Jon le savait, et maintenant je le sais aussi.*

Les choix étaient réduits à deux : ramener Seth avec le bouton INSÉRER (il était sûr qu'il pouvait le faire ; ce serait aussi facile que l'avait été la création des doublons espagnols) ou terminer le travail.

L'odeur devenait plus forte, plus insistante. Dans quelques instants, sûrement pas plus, l'écran commencerait à clignoter son message SURCHARGE.

Il tapa :

MA FEMME EST ADELINA MABEL WARREN HAGSTROM. Il pressa le bouton EFFACER.

Il tapa :

JE SUIS UN HOMME QUI VIT SEUL.

Les mots commençaient maintenant à clignoter régulièrement dans le coin droit du haut de l'écran : SURCHARGE SURCHARGE SURCHARGE.

S'il vous plaît. Laissez-moi finir. S'il vous plaît, s'il vous plaît, s'il vous plaît...

La fumée en provenance des fentes d'aération du meuble vidéo était maintenant plus épaisse et plus grise. Il baissa les yeux sur l'unité centrale qui hurlait et vit que la fumée sortait aussi de ses grilles d'aération... et au bas de la fumée il put voir une étincelle d'un rouge terne.

---

5. **alone** [ə'ləʊn] : 1. ici, *seul-e* ; 2. *tranquille*.

6. **upper** : *supérieur-e* ; *élevé-e*.

7. **right-hand** : adj. *droit(e)* ; **right-hand drive**, *conduite à droite*.

8. **vent** : rappel : 1. ici, *fente, conduit d'aération* ; 2. *cheminée* (volcan).

9. **cabinet** ['kæbɪnɪt] : 1. ici, *coffret, meuble* ; *vitrine, armoire* ; 2. *cabinet* (ministériel), **cabinet reshuffle**, *remaniement ministériel*.

10. **grayer** : comparatif de l'adj. **gray** (noter l'orthographe US de **grey**) : 1. ici, *gris(e)* ; 2. *couvert* (temps) ; 3. *grisonnant* (cheveux) ; 4. *blême* (teint) ; 5. *morose* (vie) ; **to grey/gray** : *grisonner*.

11. **smoke** [sməʊk] : 1. ici, *fumée* ; 2. fam. : *cigarette, clope, sèche* ; 2. GB = **the Smoke**, *Londres, la capitale, la grande ville*. Fam., **to go up in smoke**, *tourner en eau de boudin* ; **to smoke**, a. *fumer* ; b. fam : *ratatiner, écraser* ; **to smoke like a chimney**, *fumer comme un pompier*.

Magic Eight-Ball, will I be healthy[1], wealthy[2], or wise[3]? Or will I live alone and perhaps kill[4] myself in sorrow[5]? Is there time enough?

CANNOT SEE NOW. TRY AGAIN LATER.

Except there was no later.

He struck[6] the INSERT button and the screen went dark[7], except for the constant OVERLOAD message, which was now blinking at a frantic, stuttery rate[8].

He typed:

EXCEPT FOR MY WIFE, BELINDA, AND MY SON, JONATHAN. *Please. Please.*

He hit the EXECUTE button.

The screen went blank. For what seemed like ages[9] it remained blank, except for OVERLOAD, which was now blinking so fast that, except for a faint shadow[10], it seemed to remain constant, like a computer executing a closed loop[11] of command. Something inside the CPU popped[12] and sizzled[13], and Richard groaned[14].

Then green letters appeared on the screen, floating mystically on the black:

I AM A MAN WHO LIVES ALONE EXCEPT[15] FOR MY WIFE, BELINDA, AND MY SON, JONATHAN.

He hit[16] the EXECUTE button twice[17].

---

1. **healthy** : 1. ici, *en bonne santé* ; 2. *sain, robuste*.

2. **wealthy** : *fortuné, prospère* ; *nanti*.

3. **wise** [waɪz] : 1. ici, *sage* ; 2. *habile, astucieux*.

4. **to kill** : 1. ici, *tuer* ; 2. *faire très mal* ; 3. *mettre fin à* ; 4. *atténuer, soulager* ; 5. *rejeter* ; 6. *supprimer* ; 7. **to switch off**, *arrêter* (moteur).

5. **sorrow** : *peine, chagrin*.

6. **to strike** (prét., p.p. **struck, struck**) : 1. ici, *toucher, atteindre* ; 2. *frapper* ; 3. *sonner, jouer*.

7. **to go dark** : *s'obscurcir, s'assombrir*.

8. **rate** : 1. ici, *fréquence* ; **to stutter** : *bégayer, bredouiller* ; **stuttery rate**, peut être rendu par *une fréquence irrégulière* (« *bégayante* ») ; 2. *tarif, taux* ; **rate of exchange**, *taux de change* ; 3. *vitesse*.

Boule Magique Numéro Huit, serai-je en bonne santé, fortuné, ou sage ? Ou vais-je vivre seul et peut-être me tuer de chagrin ? Est-ce qu'il y a assez de temps ?

NE PEUT PAS VOIR MAINTENANT. ESSAYEZ ENCORE PLUS TARD.

Sauf qu'il n'y avait pas de plus tard.

Il toucha le bouton INSÉRER et l'écran s'assombrit, sauf pour le constant message SURCHARGE, qui clignotait maintenant à une fréquence bredouillante, frénétique.

Il tapa :

SAUF POUR MON ÉPOUSE, BELINDA, ET MON FILS JONATHAN. *S'il vous plaît. S'il vous plaît.*

Il pressa le bouton EXÉCUTER.

L'écran devint vide. Pendant ce qui parut comme une éternité il resta vide, sauf pour SURCHARGE, qui maintenant clignotait si vite, sauf une faible ombre, qu'il semblait rester constant, comme un ordinateur exécutant une commande en circuit fermé. Quelque chose à l'intérieur de l'unité centrale sauta et grésilla, et Richard gémit. Puis des lettres vertes apparurent sur l'écran, flottant mystiquement sur le noir :

JE SUIS UN HOMME QUI VIT SEUL À PART MON ÉPOUSE BELINDA, ET MON FILS JONATHAN.

Il tapa sur le bouton EXÉCUTER deux fois.

---

9. **like ages** : *comme une éternité.*
10. **shadow** : 1. ici, *ombre* ; 2. *personne prise en filature* ; **to shadow** : *filer, prendre en filature.*
11. **closed loop** : *circuit fermé* ; **loop** : 1. ici, *boucle* ; 2. *stérilet* (contraceptif).
12. **to pop** : 1. ici, *sauter* ; 2. *se déboucher* ; 3. *faire un saut, passer en vitesse.*
13. **to sizzle** ['sɪzl] : *grésiller.*
14. **to groan** : *gémir.*
15. **except (for)** [ɪk'sept] : 1. ici, prép. *sauf, à part* ; 2. conj. *seulement, mais, excepté.*
16. **to hit** : 1. ici, *taper sur* ; 2. *atteindre* ; 3. *toucher* ; 4. *heurter, percuter.*
17. **twice** [twaɪs] : *deux fois.*

Now, he thought. *Now I will type:* ALL THE BUGS[1] IN THIS WORD PROCESSOR WERE FULLY WORKED OUT[2] BEFORE MR. NORDHOFF BROUGHT IT OVER HERE. *Or I'll type*: I HAVE IDEAS FOR AT LEAST TWENTY BEST-SELLING[3] NOVELS. Or I'll type: MY FAMILY AND I ARE GOING TO LIVE HAPPILY[4] EVER AFTER[5]. Or I'll type—

But he typed nothing. His fingers hovered[6] stupidly[7] over the keys as he felt—literally *felt*—all the circuits[8] in his brain[9] jam[10] up like cars gridlocked[11] into the worst Manhattan[12] traffic jam in the history of internal combustion.

The screen suddenly filled up with the word:

LOADOVERLOADOVERLOADOVERLOADOVERLOAD
OVERLOADOVERLOAD

There was another pop, and then an explosion from the CPU. Flames belched[13] out of the cabinet and then died away[14]. Richard leaned back in his chair, shielding[15] his face in case the screen should implode. It didn't. It only went dark.

He sat there, looking at the darkness of the screen.

CANNOT TELL FOR SURE, ASK AGAIN LATER.

"Dad ?"

---

1. **bug** : rappel : 1. ici, *aberration, bogue, bug* (informatique) ; 2. *micro-espion* ; 3. insecte, bestiole.

2. **to work out** : 1. *résoudre* ; *déchiffrer, combiner* ; *élaborer* ; 2. *réussir, se résoudre*.

3. **best-selling** : *à fort tirage, à succès*.

4. **happily** : 1. ici, *tranquillement, heureux*.

5. **ever after** : (locution adverbiale) *pour toujours, jusqu'à la fin des jours*.

6. **to hover** ['hɒvəʳ] : rappel : 1. ici, *hésiter* ; 2. *planer* ; *rôder* ; 3. *flotter, voltiger* ; *stagner*.

7. **stupidly** : *stupidement, bêtement*.

8. **circuit** ['sɜːʳkɪt] : 1. ici, *circuit* ; 2. *tournée* ; 3. *parcours*.

9. **brain** [breɪn] : 1. ici, *cerveau* ; 2. *intelligence*, **she's got brain**, *elle est intelligente*.

Maintenant, il pensa. *Maintenant je vais taper :* TOUS LES BOGUES DANS CET ORDINATEUR ONT ÉTÉ CORRIGÉS AVANT QUE M. NORDOFF L'APPORTE ICI. *Ou je taperai :* J'AI DES IDÉES POUR AU MOINS VINGT ROMANS À SUCCÈS. *Ou je taperai :* MA FAMILLE ET MOI ALLONS VIVRE HEUREUX POUR TOUJOURS. *Ou je taperai...*

Mais il ne tapa rien. Ses doigts hésitèrent bêtement sur les touches alors qu'il sentait – littéralement – tous les circuits dans son cerveau coincés comme des voitures prises dans le pire embouteillage de l'histoire de la combustion interne.

L'écran se remplit soudain avec les mots :

CHARGESURCHARGESURCHARGESURCHARGESURCHARGE
SURCHARGE

Il y eut un autre bruit sec, et puis une explosion venant de l'unité centrale. Des flammes crachèrent hors du meuble et puis s'éteignirent. Richard se pencha en arrière dans sa chaise, protégeant son visage au cas où l'écran exploserait. Il n'explosa pas. Il devint seulement noir.

Il s'assit là, regardant l'obscurité de l'écran.

NE PEUT RIEN DIRE DE SÛR, DEMANDER PLUS TARD.

— Papa ?

---

10. **to jam** : 1. ici, *(s')embouteiller, (se) coincer, se bloquer*; **traffic jam**, *embouteillage*; 2. *(s')encombrer, (se) boucher*; 3. *(s')entasser; se tasser*; 4. *(radio) brouiller*; 5. *(jazz) faire un bœuf*.

11. **gridlock** : (US) *embouteillage; blocage*.

12. **Manhattan** : île constituant l'un des 5 districts (**borough**) de New York, peuplée d'environ 1 500 000 habitants; elle tire son nom d'une tribu indienne qui habitait les lieux; établie par les Hollandais en 1625, et nommée La Nouvelle-Amsterdam, puis conquise par les Anglais en 1667 et baptisée New York, en l'honneur du duc d'York, futur Jacques II d'Angleterre.

13. **to belch** : 1. ici, *cracher* (flammes), *vomir*; 2. *roter*.

14. **to die away** : *s'affaiblir, s'éteindre*.

15. **to shield** [ʃiəld] : *protéger*; **a shield**, *un bouclier*; *écran de protection*.

He swiveled[1] around in his chair, heart pounding[2] so hard he felt that it might actually tear itself out[3] of his chest[4].

Jon stood there, Jon Hagstrom, and his face was the same but somehow different—the difference was subtle[5] but noticeable[6]. Perhaps, Richard thought, the difference was the difference in paternity between two brothers. Or perhaps it was simply that that wary, watching[7] expression was gone from the eyes, slightly overmagnified[8] by thick spectacles (wire-rims[9] now, he noticed, not the ugly[10] industrial horn-rims[11] that Roger had always gotten the boy because they were fifteen bucks[12] cheaper).

Maybe it was something even simpler: that look of doom was gone from the boy's eyes.

"Jon?" he said hoarsely[13], wondering if he had actually wanted something more than this. Had he? It seemed ridiculous, but he supposed he had. He supposed people always did. "Jon, it's you, isn't it?"

"Who else[14] would it be?" He nodded toward the word processor. "You didn't hurt yourself when that baby[15] went to data[16] heaven, did you?"

Richard smiled. "No. I'm fine."

---

1. **to swivel** : *pivoter, tourner* ; **swivel chair**, *chaise pivotante*.
2. **to pound** : 1. ici, *battre fort* ; 2. *taper* ; 3. *broyer, concasser, écraser* ; 4. *bombarder, pilonner* ; **pounding** : 1. *battement* ; 2. *martèlement* ; 3. *rossée, raclée* ; 4. *déculottée, sévère défaite*.
3. **to tear out** : *s'arracher* ; *se détacher*.
4. **chest** : 1. ici, *poitrine* ; 2. *coffre, caisse* ; **chest of drawers**, *commode*.
5. **subtle** : subtil-e ; attention à la prononciation, ['sʌtl].
6. **noticeable** ['nəʊtɪsəbl] : *sensible, visible*.
7. **watching** = **watchful** : *attentif-attentive*.
8. **overmagnified** : « *suramplifiée* ».
9. **wire-rims** : (lunettes) *montures cerclées de métal*.
10. **ugly** : 1. ici, *laid, vilain* ; 2. *désagréable, sale, mauvais*.
11. **horn-rims** : *montures en corne*.

Il pivota sur sa chaise, son cœur battant si fort qu'il avait l'impression qu'il pourrait vraiment s'arracher de sa poitrine.

Jon se tenait là, Jon Hagstrom, et son visage était le même, mais en quelque sorte différent – la différence était subtile mais sensible. Peut-être, pensa Richard, la différence venait de la différence de paternité entre deux frères. Où peut-être était-ce simplement que cette expression attentive et circonspecte avait quitté ses yeux, légèrement suramplifiés par d'épaisses lunettes (des montures cerclées de métal maintenant, remarqua-t-il, et non les laides montures de série en corne que Roger avait fournies au garçon parce qu'elles coûtaient quinze dollars de moins).

Peut-être était-ce quelque chose d'encore plus simple : cet air de destin fatal avait disparu des yeux du garçon.

— Jon ? dit-il d'une voix rauque, se demandant s'il avait vraiment voulu quelque chose de plus que cela.

L'avait-il ? Cela paraissait ridicule, mais il supposait qu'il l'avait. Il supposait que les gens le faisaient toujours.

— Jon, c'est toi, n'est-ce pas ?
— Qui d'autre pourrait-ce être ?

Il fit un signe de tête vers l'ordinateur.

— Tu ne t'es pas blessé quand cette petite merveille est allée au paradis, n'est-ce pas ?

Richard sourit.

— Non, je vais bien.

---

12. **buck** : 1. ici, argot pour **dollar**, *billet vert*, **to make a buck**, *gagner sa croûte* ; 2. *daim mâle* ; c'est ce mot qui est à l'origine du sens de dollar, car à l'époque de la conquête de l'Ouest, les peaux de daim servaient de monnaie d'échange.

13. **hoarsely** : *d'une voix rauque.*

14. **else** : 1. ici, adj : *autre*, **else** s'ajoute à **who, what, whatever, where, how** ou aux composés de **some, any, no**. ex : **What else could I do ?** *Que pouvais-je faire d'autre ?* ; 2. adv. *autrement.*

15. **baby** : 1. *bébé*, au sens familier de *machine*, *petite merveille* ; 2. *bébé* (enfant) ; 3. fam., US. *copine*, *petite amie*, *meuf* ; 4. (fam.) *mec* ; 5. **to hold the baby**, *porter le chapeau.*

16. **data** : (pluriel de **datum**) *données* (informatique) ; **a piece of data**, *une donnée* ; **data processing**, *traitement des données/de l'information.*

Jon nodded. "I'm sorry it didn't work. I don't know what ever possessed me to use all those cruddy[1] parts." He shook his head. "Honest to God[2] I don't. It's like I *had* to. Kid's stuff[3]."

"Well," Richard said, joining[4] his son and putting an arm around his shoulders, "you'll do better next time, maybe."

"Maybe. Or I might try something else."

"That might be just as well."

"Mom[5] said she had cocoa[6] for you, if you wanted it."

"I do[7]," Richard said, and the two of them walked together from the study to a house into which no frozen turkey won in a bingo coverall game had ever come. "A cup of cocoa would go down[8] just fine[9] right now."

"I'll cannibalize[10] anything worth cannibalizing out of that thing tomorrow and then take it to the dump[11]," Jon said.

Richard nodded. "Delete it from our lives," he said, and they went into the house and the smell of hot cocoa, laughing together.

---

1. **cruddy** : *crado* ; on attendrait plutôt **crude**, *rudimentaire*.
2. **Honest to God!** : expr. *Parole d'honneur !*
3. **stuff** : 1. ici, fam. *truc, chose* ; 2. *affaire* ; 3. *étoffe* ; 4. (slang) *came, drogue*.
4. **to join** : 1. ici, *rejoindre* ; 2. *adhérer* ; *rallier* ; 3. *raccorder* ; 4. *relier, unir* ; 5. *devenir membre* (parti, club).
5. **Mom** : (US) *maman*.
6. **cocoa** : 1. ici, *cacao* ; 2. (couleur) *marron clair*.
7. en anglais, en général, on ne se contente pas de répondre simplement par *oui, non, si* : on reprend l'auxiliaire (ici **do**) à la forme (affirmative ou

Jon hocha la tête.

— Je suis désolé que cela n'ait pas marché. Je ne sais pas ce qui a bien pu me prendre d'utiliser toutes ces pièces de basse qualité.

Il secoua la tête.

— Parole d'honneur je ne sais pas. C'est comme si *je le devais*. Un truc de gosse.

— Bien, dit Richard, rejoignant son fils et posant un bras autour de ses épaules, tu feras peut-être mieux la prochaine fois.

— Peut-être. Ou je pourrais essayer quelque chose d'autre.

— Ça pourrait être aussi bien.

— M'man a dit qu'elle avait du cacao pour toi, si tu en voulais.

— Oui, vraiment, dit Richard, et tous deux marchèrent ensemble du studio à une maison où aucune dinde congelée gagnée avec la totale dans un loto n'était jamais venue. Une tasse de cacao serait l'idéal tout de suite.

— Je récupérerai tout ce qui vaut la peine d'être récupéré de cette chose demain, et puis je la porterai à la décharge, dit Jon.

Richard acquiesça.

— Efface-la de nos vies, dit-il, et ils entrèrent dans la maison et dans l'odeur du cacao chaud, riant ensemble.

---

négative) et à la personne qui convient. **I do** correspond à ce que **Mom** propose, donc signifie *oui*, mais également sert de forme d'insistance : **I do want it** = *oui, vraiment, je le veux*.

8. **to go down** : m. à m. *descendre*, ici *être (la) bienvenue, se laisser boire*.
9. **just fine** : *très bien, bienvenu*.
10. **to cannibalize** ['kænɪbəɫaɪz] : *récupérer des pièces détachées*.
11. **dump** : 1. ici, *décharge* ; *tas d'ordures* ; 2. *dépôt* (militaire) ; 3. *dépotoir* ; *trou* (ville, village).

BIBLIOGRAPHIE ET FILMOGRAPHIE

1974 : publication de ***Carrie***.

1975 : publication de ***Salem's Lot***, *Les Vampires de Salem*.

1976 : Sortie du film tiré de ***Carrie***, *Carrie au bal du diable*, réalisé par Brian de Palma.

1977 : publication de ***The Shining***, *Shining, l'enfant lumière*, qui dépasse les ventes de *Salem* en édition poche. La même année, sous le pseudonyme de Richard Bachman, il publie un roman de jeunesse, ***Rage***, *Rage*.

1978 : publication de ***The Stand – Unabriged***, *Le Fléau* ; un recueil de nouvelles ***Night Shift***, *Danse macabre* (prix Balrog).

1979 : publication de ***The Long Walk***, *Marche ou crève*, sous le pseudonyme de Richard Bachman, puis sous son nom, ***The Dead Zone***, *Dead Zone*. 🎬 Sortie du téléfilm ***Salem's Lot***, *Les Vampires de Salem*, réalisé par Tobe Hooper.

1980 : publication des nouvelles ***The Mist***, *Brume*, et ***The Monkey***, *Le Singe*, respectivement dans une anthologie, *Dark Forces*, et dans un magazine, *Gallery*. 🎬 Sortie du film tiré de *The Shining*, *Shining*, réalisé par Stanley Kubrick.

1981 : publication de ***Cujo***, *Cujo* (prix British Fantasy du meilleur roman) ; ***Danse macabre***, *Anatomie de l'horreur* (prix Locus ; prix Hugo), essai sur l'horreur ; ***Roadwork***, *Chantier*, sous le pseudonyme de Richard Bachman. 🎬 Joue le rôle de Jordy dans le segment tiré de son récit en 5 épisodes ***Creepshow***, intitulé *La Mort solitaire de Jordy Verill*.

1982 : publication du recueil de nouvelles ***Different Seasons***, *Différentes saisons*; ***The Gunslinger***, *Le Pistolero*, 1ᵉʳ vol. du cycle ***The Dark Tower***, *La Tour sombre*; sous le pseudonyme de Richard Bachman, ***The Running Man***, *Running Man*. 🎬 Sortie de ***Creepshow***, le film, réalisé par George A. Romero.

1983 : publication de ***Christine***, *Christine*; ***Pet Sematary***, *Simetierre*; ***Cycle of the Werewolf***, *L'Année du loup-garou*. 🎬 Sortie de ***The Night of the Crow***, *Contes macabres*, réalisé par John Woodward.

1984 : publication de ***The Talisman***, *Le Talisman*, coécrit avec Peter Straub ; ***The Eye of the Dragon***, *Les Yeux du dragon*, en édition limitée ; sous le pseudonyme de Richard Bachman, ***Thinner***, *La Peau sur les os*. 🎬 Sortie de ***Children of the Corn***, *Les Démons du maïs*, réalisé par Fritz Kiersch ; ***Firestater***, *Charlie*, réalisé par Mark Lester.

1985 : publication des nouvelles ***Gramma***, *Mémé ou Le Spectre de grand-mère*; ***Mrs. Todd's Shortcut***, *Le Raccourci de Madame Todd*. Castle Rock publie le recueil de nouvelles ***Skeleton Crew***, *Brume* (incluant *The Monkey*, *Mrs. Todd's Shortcut* et *Word Processor of the Gods* - prix Locus). 🎬 ***Cat's Eye***, *Cat's Eye*, réalisé par Lewis Teague ; ***Silver Bullet***, *Peur bleue*, sur un scénario écrit par S. King à partir de *L'Année du loup-garou*, réalisé par Daniel Attias.

1986 : publication de ***It***, *Ça*, en deux tomes (prix British Fantasy du meilleur roman). 🎬 Sortie de ***Maximum Overdrive***, scénarisé et réalisé par S. King ; ***Stand by me***, réalisé par Rob Reiner.

1987 : publication de ***The Eye of the Dragon***, en édition définitive ; ***The Tommyknockers***, *Les Tommyknockers*; ***The Drawing of the Three***, *Les Trois Cartes*, 2ᵉ vol. du cycle de *La Tour sombre*, suite directe du *Pistolero* ; ***Misery*** (prix Bram Stoker du meilleur roman). 🎬 Sortie de ***Creepshow 2***, réalisé par Michael Gornick ; ***The Running Man***, *Running man*, réalisé par Paul Glaser.

1989 : publication de ***The Stand, The Complet and Uncut Edition***, *Le Fléau* en édition complète et révisée par l'auteur ; ***The Dark Half***, *La Part des ténèbres*, nominé pour le prix Locus. 🎬 Sortie de ***Pet Sematary***, *Simetierre*, réalisé par Mary Lambert.

1990 : parution du recueil de 4 longues nouvelles ***Four past Midnight***, publié en deux tomes *Minuit 2* et *Minuit 4* (prix Bram Stoker du meilleur recueil de nouvelles) ; ***Needful Things***, *Bazaar*. 🎬 Sortie de ***Tales from the Dark Side***, *Dark Side, les contes de la nuit noire*, réalisé par John Harrison ; ***Graveyard Shift***, *La Créature du cimetière*, réalisé par Ralph S. Singleton ; ***Misery***, réalisé par Rob Reiner.

1991 : publication de ***The Waste Lands***, *Terres perdues*, 3ᵉ vol. du cycle de *La Tour sombre*. 🎬 Sortie de la série télévisée ***Golden Years***, *Compte à rebours*, scénarisée et réalisée par S. King.

1992 : publication de ***Gerald's Game***, *Jessie* ; ***Dolores Claiborne***. 🎬 Sortie de ***The Sleepwalkers***, *La Nuit déchirée*, réalisé par Mick Garris.

1993 : publication du recueil de nouvelles ***Nightmares and Dreamscapes***, *Rêves et cauchemars*. 🎬 sortie de ***Needful Things***, *Le Bazaar de l'épouvante*, réalisé par Fraser Clarke Heston ; ***The Dark Half***, *La Part des ténèbres*, réalisé par George A. Romero.

1994 : publication de ***Insomnia***, *Insomnie*.
S. King participe comme guitariste à une tournée du groupe The Rock Bottom Remainders.
🎬 Sortie de ***The Shawshank Redemption***, *Les Évadés*, réalisé par Franck Darabont.

1995 : publication de ***Rose Madder***. 🎬 Sortie de ***Dolores Claiborne***, réalisé par Taylor Hackford ; ***The Mangler***, *The Mangler ou La Presseuse diabolique*, réalisé par Tobe Hooper.

1996 : publication d'un roman feuilleton en 6 épisodes, ***The Green Mile***, *La Ligne verte* (prix Bram Stoker et prix Locus du meilleur roman) ; ***Desperation***, *Désolation* (prix Locus et prix Ozone du meilleur roman) ; sous le pseudonyme de Richard Bachman, ***The Regulators***, *Les Régulateurs* ; 🎬 Sortie de ***Thinner***, *La Peau sur les os*, réalisé par Tom Holland.

1997 : publication de ***Wizard and Glass***, *Magie et Cristal*, 4ᵉ vol. du cycle de *La Tour sombre*. 🎬 Sortie de ***The Night Flier***, *Les Ailes de la nuit*, réalisé par Mark Pavia ; minisérie télévisée ***The Shining***, réalisée par Mick Garris.

1998 : publication de ***Bag of Bones***, *Sac d'os* (prix Bram Stoker, prix Locus, prix British Fantasy du meilleur roman). 🎬 Sortie de ***Apt Pupil***, *Un élève doué*, réalisé par Bryan Singer.

1999 : publication de ***The Girl Who Loved Tom Gordon***, *La petite fille qui aimait Tom Gordon* ; ***Storm of the Century***, *La Tempête du siècle*, scénario écrit par S. King pour la télévision ; ***Blood and Smoke***, *Sang et fumée*, en livre audio ; le recueil de nouvelles ***Hearts in Atlantis***, *Cœurs perdus en Atlantide*. 🎞 Sortie de ***The Green Mile***, *La Ligne verte*, réalisé par Frank Darabont.
En juin, S. King subit un grave accident, il est renversé par une camionnette, et reste plusieurs semaines à l'hôpital.

2000 : publication numérique de ***Riding the Bullet***, *Un tour sur le Bolid'* ; ***The Plant***, en livre numérique à épisodes ; ***On Writing – a Memoir of the Craft***, *Écriture : Mémoires d'un métier*, essai sur l'écriture et autobiographie (prix Bram Stoker, prix Locus).

2001 : publication de ***Black House***, *Territoires*, tome 2 de *Talisman*, coécrit avec Peter Straub ; ***Dreamcatcher***. 🎞 Sortie de *Hearts in Atlantis*, *Cœurs perdus en Atlantide*, réalisé par Scott Hicks.

2002 : publication du recueil de nouvelles ***Everything's Eventual***, *Tout est fatal* ; ***From a Buick 8***, *Roadmaster*.

2003 : publication de ***Wolves of the Calla***, *Les Loups de la Calla*, 5e vol. du cycle de *La Tour sombre* et suite directe de *Magie et Cristal*, inspiré du western de John Sturges, *Les Sept Mercenaires*. 🎞 Sortie de ***Dreamcatcher***, *Dreamcatcher, L'Attrape-rêves*, réalisé par Lawrence Kasdan.
S. King reçoit la médaille de la **National Book Foundation** et le prix Bram Stoker pour l'ensemble de sa carrière.

2004 : publication de ***Songs of Susannah***, *Le Chant de Susannah*, 6e vol. du cycle de *La Tour sombre*. 🎞 Sortie de *Secret Window*, *Fenêtre secrète*, réalisé par David Koepp.

2005 : publication de ***The Colorado Kid***, *Colorado Kid*, roman policier.

2006 : publication de ***Cell***, *Cellulaire* ; ***Lisey's Story***, *Histoire de Lisey* (prix Bram Stoker du meilleur roman).

2007 : publication de ***Blaze***, sous le pseudonyme de Richard Bachman. 🎞 Sortie de *The Mist*, réalisé par Franck Darabont ; *1408*, *Chambre 1408*, réalisé par Mikael Håfström.
S. King reçoit le titre de Grand Maître de la **Mystery Writers of America**.

2008 : publication de **Duma Key** (prix Bram Stoker du meilleur roman) ; du recueil de nouvelles **Juste after Sunset**, *Juste avant le crépuscule* (prix Bram Stoker du meilleur recueil de nouvelles).

2009 : publication de **Under the Dome**, *Dôme* ; diffusion numérique de **Ur**, puis **Throttle**, coécrit avec son fils Joe Hill. 🎞 **Dolan's Cadillac**, *La Cadillac de Dolan*, réalisé par Jeff Beesley.

2010 : publication du recueil de nouvelles **Full Dark, No Stars**, *Nuits noires, étoiles mortes* (prix Bram Stoker, prix British Fantasy du meilleur recueil de nouvelles).

2011 : publication de **22/11/63** (*Los Angeles Times* Book Prize). L'ouvrage se classe parmi les meilleures ventes de l'année.

2012 : publication de **The Wind Through the Keyhole**, *La Clé des vents*, 8e vol. du cycle de *La Tour sombre* ; diffusion numérique et en livre audio de **In the Tall Grass**, novella coécrite avec son fils Joe Hill ; diffusion numérique de **A face in the Crowd**, *Un visage dans la foule*, novella coécrite avec Stewart O'Nan. Création de la comédie musicale **Ghost Brothers of Darkland County**, livret de S. King, paroles et musique de John Mellencamp.

2013 : publication de **Joyland**, roman policier ; **Doctor Sleep**, *Docteur Sleep*, (prix Bram Stoker du meilleur roman), suite de *Shining*. 🎞 Sortie de **Carrie**, *Carrie, la vengeance*, nouvelle adaptation réalisée par Kimberly Peirce ; diffusion de la 1re saison de la série télévisée **Under the Dome**, créé par Brian K. Vaughan. En novembre, et pour la première fois, S. King vient en France à l'occasion de la promotion de *Docteur Sleep*, et dédicace au Grand Rex.

2014 : publication de **Revival** ; **Mr. Mercedes**, *M. Mercedes* (prix Edgar Allan Poe du meilleur roman). 🎞 Sortie de **A Good Mariage**, *Bon ménage*, réalisé par Peter Askin.

2015 : publication aux USA de **Finders Keepers**, la suite de *Mr. Mercedes* ; **The Bazaar of Bad Dreams**, un recueil de nouvelles à paraître en automne aux USA. 🎞 Sortie prévue en 2015 de **Cell**, réalisé par Tod Williams.

POCKET – 12, avenue d'Italie
75627 Paris – Cedex 13

Cet ouvrage a été composé par Peter Vogelpoel et Déclinaisons

Dépôt légal : septembre 2015
Imprimé en Espagne par Liberdúplex
S25854/01